村上春樹
The Yellow Dictionary
的黃色辭典

村上世界研究會／著　蕭秋梅／譯

譯序

客居日本期間，正是村上春樹熱潮風起雲湧之際，基於好奇，我閱讀了《挪威的森林》，也許還是強說愁的年紀吧，我深深地為其中美麗哀愁的情調所吸引。其後，我又繼續讀了《舞・舞・舞》，也許無法瞭解其中抽象的表現吧，自此即未再接觸村上作品。因此，嚴格來講，我或許勉強可以沾上「資深村上讀者」的邊，卻談不上是「村上春樹迷」。

然而經過十多年後的今日，我竟有幸翻譯這本《村上春樹的黃色辭典》，透過這本書，除驚訝地發現村上的作品已蔚然成林之外，更得以一窺其作品的全貌、重新認識這位作家。

本書的日文原著係依照日文五十音，逐一羅列村上春樹著作、譯作的作品名稱、人物、事物、觀點等與村上春樹有關的資料。日文原著因為是在一九九九年五月出版，因此這個時點之後的相關資料，自然未能網羅其間。不過，即便如此，相信不管對村上春樹迷或才要進入村上世界的讀者而言，都會是很好的參考資源。

在中文版的編排上，因考量顧及原著面貌，因此並未在順序上作調整，而以保留原來五十音索引方式，希望提供讀者一些參考。從「辭典」的觀點而言，這樣的做法或許比較不方便讀者查閱，不過，讀者或可將本書視為一部獨立的作品，任意或按順序閱讀，相信透過每一項說明，讀者將可對村上春樹其人、其作品，甚至譯作，有一概括瞭解。

此外，在本書的翻譯上，因考量村上春樹的主要作品泰半已有中文譯本，為求統一，以免讀者混淆並方便查閱，因此所有的書名、篇名、人物的名字等，皆遵循時報出版社出版的中文譯本之翻譯。除此之外，我們也加入中文譯本的名稱、出版日期等，希望能提供讀者更詳盡的參考。

再者，在此必須特別一提的是，村上春樹翻譯美國作家作品的譯著，在數量上絕不亞於其本身的著作。本書日文原著雖收集眾多村上春樹的譯作資料，但是卻僅以日文外來語的形式呈現，並未附上原著、作者的英文原文。雖然譯者曾透過網路搜尋等方式，試圖找出英文原文，不過，仍未竟全功。因此，在這部分的翻譯上或許有疏失之處，還請讀者見諒，並能不吝給予指正。

村上春樹算得上是個多產的作家，進入今年以來，其又陸續發表多部新作。目前國內「村上春樹迷」可說已自成一個族群。也許透過本書的拋磚引玉，國內的村上讀者也可以自行編纂一本資料更豐富、內容更新的「在地」村上春樹辭典，以饗同好。

蕭秋梅

目錄

か

さ

な

は

ま

や

ら

《戀人絮語》

あ 「愛について語るときに我々の語ること」

あいについてかたるときにわれわれのかたること

一九九〇年出版，中央公論社，瑞蒙．卡佛（Raymond Carver）著，村上春樹譯。本書共收錄卡佛於一九七七年至一九八一年間創作的十七篇短篇。

透過這本短篇集，卡佛開始接受眾多讀者的指示。不過，另方面卻也遭受故事不蘊涵任何意義及所謂「低度主義」（minimalism）的批判。

對此批評，村上春樹則認為「對卡佛而言，低度主義不過是個過程，是跳脫既有小說形式，建立獨自的文學世界所需的生產陣痛罷了。」村上春樹並指出，在這部作品中他所得到的指示是「文學性的信賴」。

換句話說，小說家和讀者之間的良好關係，就像是一種信用交易，而作家為了取得讀者的信賴，必須花費長久的歲月和嘔心瀝血的努力。

但是，一旦獲得讀者的信賴，作家和讀者之間將會產生無言的連帶感，在這樣的基礎下，作家將可望有更上一層樓的發揮。而卡佛正是獲得了讀者這類的信賴。

あ《某個聖誕節》

「あるクリスマス」あるくりすます

一九八九年發行，文藝春秋，卡波提（Truman Capote）著，村上春樹譯。山本容子銅版畫，原著為*One Christmas*（一九八二年）。這部作品是卡波提最後的作品，和《聖誕節的回憶》（日譯本為村上春樹譯）成對。

故事中的主人翁「我」由於父母離異，因而寄養在母親娘家。「我」與年紀和祖母相仿但輩分卻為表姊的舒克感情非常要好，而對聖誕老人的認知也是來自舒克的教導。

「我」六歲時，父親提出「一起過聖誕節」的要求，「我」心中雖極不情願，倒也啟程前往新奧爾良（New Orleans）。在那裡，「我」目睹了父親為許多年長女性環繞的光景，同時也明白了聖誕老人並不存在的真相。

在舒克守護下的世界，為殘酷的現實毫不留情地介入。「我」雖然懷抱著莫大的傷痛，卻學會了為父親設身處地著想的體貼。

村上春樹表示，在卡波提的作品中，總是存在著「不斷追尋愛的孤獨少年的眼神」，而這點正是最吸引他之處。

《地下鐵事件》

あ「アンダーグラウンド」あんだーぐらうんど

一九九七年講談社發行，中譯本由時報出版公司於一九九八年六月出版，賴明珠譯。

這部作品係針對一九九五年三月發生的地下鐵沙林事件受害者進行訪談，再加以整理而成。訪談時間從一九九六年一月到十二月，耗時一年，訪談人數共計六十二人。由於其中有兩人拒絕訪談內容被刊載出版，因此本書共收錄了六十位受害者的證言，以及村上春樹本身透過訪談有感而發寫成的文章〈沒有指標的惡夢〉。

村上春樹表示，他覺得媒體對沙林事件進行的一連串報導，僅止於描寫「受害者＝善良的市民」、「加害者＝邪惡的奧姆真理教」之雙方對立，和整個事件的實際狀況相去甚遠。

為此，基於不希望把每個活生生的人歸納為一群「沒有臉孔的受害者」，以及想瞭解「當時剛好在地下鐵列車裡面的人們，在那裡看見了什麼？採取什麼樣的行動？有什麼樣的感受、想法？」他決定針對每一位乘客，鉅細靡遺地記下他們個別的細節。

此外，他並舉出對這個事件抱持關心的另一個人背景，那就是「井和地下道、洞窟、地底的河川、暗渠、地下鐵」等「地下」（underground）的場所，總是吸引著他。

事實上，在村上春樹的作品中，《世界末日與冷酷異境》即有一種生息於東京地下陰暗處、名叫「黑鬼」的生物出場，而在《發條鳥年代記》中，井則扮演了重要的角色。

奧姆真理教事件「名副其實從腳下的黑暗＝地下，採取『惡夢』的形式一舉爆發，同時又明確得近乎可怕地凸顯出我們社會體系內面所包藏的矛盾和弱點」。而這點亦可見於約莫同時期發生的阪神大地震。

即便在自問本身的社會責任和角色上，這個訪談作業對村上春樹似乎也極有助益。他表示，自己透過一個事件看到日本這個社會，並在其間思索，作為一個作家應做什麼。一般預料，這個經驗對他往後的作品也會造成巨大的影響。

再者，訪談奧姆真理教信徒、掌握其實際樣貌的《後地下鐵事件》（《在約定的地方》）已於一九九八年出版。

あ and Other Stories

「and Other Stories」

あんど　あざー　すとーりーず

一九八八年發行，文藝春秋，本書乃村上春樹會同柴田元幸、畑中佳樹、齊藤英治、川本三郎等人，各自翻譯一些短篇小說集結而成。發起人為村上春樹，前言也由他執筆。共收錄十一篇作品，其中四篇為村上春樹翻譯。

「大家何不把各自喜愛的短篇譯出來，集結成一本書出版呢？」這本書即是在村上春樹這個提議下，集合共同翻譯John Irving《放熊》的三個譯者，同樣翻譯John Irving《水療法的男人》的川本三郎的譯作而誕生。

村上春樹表示，因為是集結五人各自喜好的作品而成，因此大多「傾向於『晦澀』的小眾作家的作品」。村上春樹挑選的是W. P. Kinceler的《鹿皮靴

（moccasin）的電報》、William Kitrige的《第三十四次的冬天》、Ronald Skenic的《你的小說》、Grace Pery的《山謬／活著》。

而對於能完成Kitrige和Skenic等「超小眾」作家作品的譯介，村上春樹表示，「該說很舒服，抑或通體舒暢呢，總之是無上的喜悅」。

あ 泉

イズミ　いずみ

在《國境之南、太陽之西》登場，主人翁「我」高中時期交往的女孩。長得不算特別漂亮，卻自有一股撩人心弦的魅力。

「我」滿懷著遠離小鎮、振翅飛向廣闊世界的理想，相對於此，泉所描繪的未來則是雖平凡卻溫暖的家庭。

泉對「我」一直不願敞開心扉一點深感不安，兩人之間不曾有過真正的心靈交流和契合。

而自從「我」和泉的表姊上床一事曝光以來，泉的心靈即受到嚴重創傷，進而導致人生完全走樣。在豐橋的小大廈裡靜悄悄一個人過日子的她，幾乎完全喪失了所謂的表情，孩子們一看到泉就會害怕得四處逃竄。而不管歷經多久歲月，泉都不曾原諒「我」，並在因為島本而陷入混亂的「我」面前，以亡靈之姿出現，把「我」吞噬於虛無之中。

The Great Dethriffe

あ 「偉大なるデスリフ」

いだいなるですりふ

一九八七年發行，新潮社，C. D. B. Bryan著，村上春樹譯，本書為費滋傑羅（F. Scott Fitzgerald）的*The Great Gatzby*的parody版。

Geroge Dethriffe和Alfred Molton是從小一起長大的朋友，兩人同樣出身上流社會。Geroge雖娶大使之女為妻，過著奢華氣派的生活，卻深為妻子的善妒所困。另方面，Alfred則和有夫之婦搞婚外情，和沈溺藥物的兄長一起生活。這是一部描述兩人人生歷程的作品。

村上春樹指出，這部作品的結構流於「自暴自棄的形式」，並表示如果自己是作者，大概會採不同的形式。不過，他也認為，正因採取這種形式，所以作品才會那麼「誠實、溫暖，並傳遞出作為一個肉身的作家兼人類對生存的困惑」。

沒有痛楚的正當

あ 痛みのない正しさ いたみのないただしさ

村上春樹透過《地下鐵事件》、《在約定的地方》報導地下鐵沙林事件時，並未聲嘶力竭地展開像是批判社會的主張。

再者，當他於羅德斯島旅遊期間讀到天安門事件的報導時，雖表示「愈讀報導就愈坐立不安。如果我是個二十歲的學生並且在北京，或許也會在那個地方」，不過，他並未陳述對事件的看法，只說「然而我並沒有在那裡。我在羅德斯島。各種計畫和過程把我送到了這個地方。躺在海灘椅上、吃著櫻桃、享受日光浴、讀著Gustave Flaubert小說的我存在於這裡——作為某種既成的事實」（《遙遠的太鼓》）來強調其距離感。

雖然這番意見在當時也被指為「是一種只要為自己的所愛圍繞，就心滿意足的村上春樹式無所謂」而深受批判，但是，村上春樹卻在堅持己見的情況下，用報導沙林事件的兩部作品，展現他參與社會的行動。

存在於村上春樹這種社會態度根底下的是，「沒有苦痛的正當乃沒有意義的正當」想法。

「我無法把某種舉動（movement）單純地劃分為『這是正當的，因此無所謂』、『這是不正當的，因此不可以』。我只會思考『該怎麼做，才能學習到那個正當性，並將之變成自己的一部分』。如果沒有這樣的心悅誠服，我就不會輕易行動——縱使達到心悅誠服需耗費長久時間。我無論如何都無法接受『總之，不行動就沒有意義』的主張，因此對於『自己目前無法順利找出接納痛楚之道』的問題，無法妥善涉入（commit）」（《村上春樹會見河合隼雄》）。

井

あ 井戸 いど

村上春樹的作品中，經常出現井。

在《聽風的歌》中，出現了「潛藏在火星地表上無數被挖掘的無底井內的青年的故事」，作為插曲。

而在相當於續篇的《1973年的彈珠玩具》中，敘述「我」死去的戀人直子少女時代的事時，掘井人登場，並談及「我很喜歡井。每次看見井，就想丟石頭進去。再沒什麼比小石子掉落深井水面的聲音，更令人覺得心境平和的了」。

再者，在《尋羊冒險記》中，「井」被比喻為「精神上的地窖」。

而在《挪威的森林》裡，一開頭就是直子在述說野井的事。她說：「真的很深喏！不過誰也不知道那在什麼地方，只確定是在這一帶的某個地方。」

在《發條鳥年代記》中，井則在整個故事中扮演重要的角色。

發現空地裡的枯井，繼而陷入井底的「我」。從那裡通往異界，並以逐步摸索協助久美子的方法之形式，故事漸次展開，而這也與在外蒙古的井底受到人生啟示的間宮中尉產生連結。

除此之外，《世界末日與冷酷異境》中「黑鬼」的世界、以地下鐵沙林事件為主題的《地下鐵事件》等，村上春樹的心持續受到與井底相通的地下世界所吸引，並表示「只要眼睛看到這些形影，不，只要腦裡抱有這種意念，我的心就會被導向於各式各樣的故事。」（《地下鐵事件》）

至於理由，他僅作如下的說明而已：「我自己也不太明白為什麼會懷有興趣。我想大概是因為地下的世界有某些刺激我的地方吧！」（網頁）

這實在是很春樹式的說明方式，不過，從初試啼聲之作開始，地下的世界可說一貫是其作品的一個關鍵字，可見其執著的程度非同小可。

《狗的人生》

あ 「犬の人生」 いぬのじんせい

一九九八年中央公論社出版，馬克・斯藍德著，村上春樹譯，原著為*Mr. and Mrs. Baby*（一九八五年，**Kunopuf**出版）。本書係美國現代詩界最具代表性的詩人馬克・斯藍德的處女短篇集，共收錄十四篇短篇。

馬克・斯藍德於一九三四年出生於加拿大王子愛德華島。一九六四年出版了第一本詩集*Sleeping With One Eye Open*並廣受矚目，其後即以詩人的身分奪得各類獎項。另方面，他同時也以兒童文學作家、翻譯家、評論家等身分，活躍於文壇。目前其短篇集僅有本書。

而「知性、溫柔，以及宛若暗夜般深沈、風味奇妙的短篇集」，則是春樹對本書的評語。

村上春樹表示，「我覺得與其說是short story，毋寧稱之為prose narrative，反倒較接近本書的氛圍。這是因為作品內『說故事的語調』令人覺得比『故事性』還具有更大意義之故。」

作為書名的短篇《狗的人生》，乃描寫某個晚上男人在床上向妻子透露自己祕密的故事。

「其實我以前是一隻狗喲！」格拉瓦說道。面對默默注視他的妻子崔西，他開始靜靜地述說過去當狗的生活。

這是一篇會逐漸喚起「曾為狗的人」、「變成人的狗」之存在意象、奇妙且沈靜的作品。

對村上春樹而言，馬克・斯藍德是一位長久以來「不知為什麼，不可思議地感到關切」的作家。他說：「在人生的各種時期的各種場所，斯藍德這個存在總是在我面前倏忽出現，出現後又消逝。」

造訪已故的瑞蒙・卡佛的故居時，隨手拿起現代詩精選集翻閱之際，偶然吸引其目光駐留者，即斯藍德的〈為了不攪亂事物〉一詩。

再者，翻譯《貫穿心臟》時，扉頁部分所引用的即是斯藍德的詩〈死者〉。村上春樹表示，從「生裡面的死，以及死裡面的生。存在與非存在的轉換」訊息中，他聽到與卡佛晚年提示的意象同質的聲音。

Walk don't run

あ「ウォーク・ドント・ラン」

うぉーく・どんと・らん

一九八一年講談社出版，村上龍和村上春樹的對談集，共分三章。

在第一章裡，兩人談論了彼此的日常生活、對小說家這個職業的看法等。

在第二章裡，兩人互相批評彼此的作品，同時披露各自的文學觀。

第三章則收錄了村上春樹探討村上龍、村上龍探討村上春樹的散文。

村上龍如此描述村上春樹：「因著某位作家的出現，使得自己的工作變輕鬆——有時會有這樣的事，這是因為他人會讓自己更鮮明。然而，為了這個，自己非得要有與他人匹敵的能力不可。」

另方面，春樹則如此描述村上龍：「村上龍這個作家很難看清。那麼，他究竟看起來像什麼呢？簡直什麼都不像，是個不可思議的人。」

《雨天炎天》

あ「雨天晴天」うてんせいてん

一九九〇年出版，新潮社。由〈希臘篇〉和〈土耳其篇〉兩部分構成的遊記。

首先，從一家修道院走過一家修道院、踏遍規定女賓止步的亞陀斯岬（Athos）地區的希臘之旅開始。

亞陀斯岬乃希臘正教的聖地，擁有二十座修道院，目前仍有大約兩千位僧侶在此修行。村上春樹自從讀了有關亞陀斯岬的書以後，內心即一直想著，無論如何一定要前往造訪、一探究竟，而這個願望終於在這次旅行中實現了。

天氣變化無常、地形也相當險峻，絕不輕鬆。同時也是一趟時而想念冰涼啤酒滋味，卻買不到的樸實旅行。

接下來則花費二十一天時間，開著四輪傳動車繞土耳其一週。同行者為攝影家松村映三。

這是一趟讓軍人搭便車、品嘗美味無可挑剔的土耳其麵包，同時一面感受因地區不同而自然景觀有一百八十度轉變的土耳其風光，一面行進的旅行。

深入內地時，或經歷為一群全身武裝的庫魯特人團團包圍、喝令停車的

「相當可怕」的經驗，或奔馳於兩旁像滾滿汽車般、宛若惡夢的國道二十四號上，戰慄感也百分百。

透過本書，應可再次感受村上春樹的旺盛生命力。

此外，希臘、土耳其近來也逐漸躍居主要的國外觀光景點。然而，書中報導的地方，有些並不是那麼容易就可以前往，因此若從讀者可透過文字描繪，真實神遊其中這個觀點而言，本書仍是一本極珍貴的遊記。

《電影冒險記》

あ「映画をめぐる冒険」えいがをめぐるぼうけん

一九八五年出版，講談社，村上春樹與川本三郎合著。

本書以一九四〇年代至六〇年代的美國電影為中心，加上歐洲電影等其他國家的經典名片，共挑選了二百六十四部電影，每部電影皆附上簡短的解說。

在選擇上，村上春樹只挑選有錄影帶或碟片供觀賞的電影，而這點可說是本書最實用的地方，可以為剛入門的電影迷提供最佳指南。

事實上，對村上春樹和川本三郎而言，尚未被製作成錄影帶的好作品仍不計其數，因此在選擇上相當煞費苦心。

村上春樹在他撰寫的前言〈遠離遙遠的黑暗〉中，述及了本身與電影接觸的歷史。

一開始是小學時代，每逢星期日父親就會帶他前往神戶或西宮的電影院，觀賞戰爭電影或西部電影。其後，高中時代電影院成了和女友約會的場所。

上大學後雖也「把看電影視為一種儀式，持續到電影院報到」，但是自從結婚、開始工作以後，對電影的熱情即「迅速褪色、終至消失」。

目前雖會一手拿著冰啤酒，觀看電影錄影帶，但是這已經「從所有意義、所有觀點而言，都不是儀式」了。

《爺爺的回憶》

あ

「おじいさんの思い出」
おじいさんのおもいで

一九八八年出版，文藝春秋，卡波提（Truman Capote）著，村上春樹譯，山本容子銅版畫。

原著為*I Remember Grandpa*，乃卡波提早期的短篇小說。出版則是在他死後的一九八五年。

故事從「我」和爺爺、奶奶、父母共五人，一起在小小的農家生活開始。「我」的家四周為自然所環繞，距離最近的道路要一哩。然而，為了讓「我」上學，父母決定留下祖父母，搬到城市。

「我」因為要和爺爺分開而傷心得全身像要撕碎般，於是，一搬到新家即迫不急待地寫信給爺爺。但是不久，「我」便逐漸忘卻爺爺的存在。

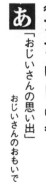

直到有一天，爺爺過世的消息傳來，「我」才緬懷起爺爺獨自一人度過的時光。

村上春樹稱此作品為「極其純真、坦率的短篇」，並認為故事的情節單純、雖然也有掉以輕心的部分，不過，卻遒勁有力、傳達出人心的溫情，因此給予極高的評價。

男生的條件

あ 男の子の条件 おとこのこのじょうけん

有一種稱為「男生」，而非所謂「男人」的說法。這不只是指年輕的男性，還含有作為一種意象（image）的「男生」的意味。

村上春樹列舉了下列三個項目，作為男生的具體意象。

第一個項目：穿運動鞋；第二個項目：一個月上一次理髮店（不是美容

院）；第三個項目：不事事辯解。

據春樹說，只要符合這三個條件，對他而言就是「男生」。而他本身則一直希望「一生中能儘可能持續滿足這三個條件」。

首先，就第一個項目而言，村上春樹表示，「我一年當中大概有三百二十天穿著運動鞋度日，而且偶爾穿個皮鞋，就會覺得好像偽裝身分般，老靜不下心來」。

就第二個項目的理髮店而言，他說以往一直執著地固定到東京某家理髮店理髮，即使搬到習志野和藤澤，他還是搭電車到那家理髮店。

說是執著，倒也不是因為講究髮型之故。而是因為欣賞理髮師能適切掌握自己的髮性，俐落處理。

然而，當他到國外生活時，卻找不到好理髮店，而且還碰到許多倒楣的事，最後只好前往不分男女的美容院打理頭髮。雖然他一直覺得仰躺著洗頭是「對人性最大的侮辱」……。

而現在基於地點近和預約方便等理由，在日本他也選擇到不分男女的美容院理髮。看樣子春樹自己似乎和「男生」的條件背道而馳了。

而持續恪遵第三個項目「不事事辯解」這個項目，則相當困難。日常生活中，即使沒存有辯解的意識，還是常有驀然回首卻發現辯解的自己存在其間，以致「嘗到苦澀滋味」的經驗。

不過，在成為小說家的時點，春樹「即決定不用文章作個人式的辯解」。為此，「即使被全世界誤解，也是沒辦法的事」成為春樹的態度。

而一般認為，這個態度目前仍為他所貫徹著。

Carver Country

か 「カーヴァー・カントリー」

かーヴぁー・かんとりー

一九九四年出版，中央公論社，瑞蒙・卡佛著，村上春樹譯，包伯・愛德曼攝影。

本書由八十多張瑞蒙・卡佛及與其作品有關的照片、包括未發表的私人信函在內的三十九篇作品所構成。

收錄的作品，大多是詩和短篇小說的摘錄。

而照片則有卡佛釣魚的身影、一望無際的蘋果園、開著引擎蓋的老汽車、汽車旅館的門等黑白照片。春樹表示，他覺得這個稱為"Caver Country"的場所，乃隨處可見的場所。

這本寫真集並不是要幫助讀者理解瑞蒙・卡佛，而是要「呈現透過瑞蒙・卡佛這個作家的眼睛和身體所見的『到處都有的美國』，在這裡，一個獨立的世界渾然天成」。

《Carver's Dozen瑞蒙・卡佛精選集》

か

「CARVER'S DOZEN レイモンド・カーヴァー傑作選」

かーヴぁーず・だずん

一九九四年出版，中央公論社，瑞蒙・卡佛著，村上春樹譯。

「如果可以，我希望讓*Carver's Dozen* 成為『只要擁有這一冊，就可通盤瞭解瑞蒙・卡佛的世界』之類的作品」。

在這個想法下，村上春樹精挑細選了十篇小說和一篇隨筆、兩首詩。而收錄這些作品的本書，應可稱為「村上春樹選・瑞蒙・卡佛精選集」。

書名的由來係取自"Baker's dozen"。在英語裡，通常用"Baker's dozen"來指「十三個」，不過，這聽起來也不能說和"Carver's Dozen"不像，因此村上春樹乃在十二篇作品之外，再附贈一首詩，然後冠上此書名。

就翻譯而言，村上春樹自期能成為「即便『蹩腳』，最終仍可治好患者的民俗療法醫師」。

在醫療的現場，既有不管實施多麼正確的手術，患者依然死亡的狀況，相反的，也有雖然多少有些誤診，患者卻活蹦亂跳的情形。

而在翻譯上，手術的技術相當於翻譯的技術，而患者則相當於小說自然的走勢。春樹表示，自己這種態度乃源自於「希望能更強烈地貫徹身為作家的立場」之想法。

か《迴轉木馬的終端》

「回転木馬のデッド・ヒート」

かいてんもくばのでっど・ひーと

一九八五年講談社出版，一九八八年發行文庫版，講談社文庫，中譯本由時報出版公司於一九九九年五月發行，賴明珠譯。

本書收錄的作品都是春樹實際從各式各樣的人那裡聽來的故事，再依事實加以文章化而成。小說中沒用完的「沈澱」日積月累，終至以這樣的形式整理出來。

因為德國製的半長短褲雷德厚森（Lederhose）而父母離異的故事；連續嘔吐四十天的男人的故事；辭去工作賣春，再把賺來的錢存定存的女人的故事等，書中綴滿了形形色色的故事。春樹稱這些作品為「素描」。

「如果每個故事裡面，有什麼奇怪的地方或不自然的地方，那是因為是事實的緣故。如果在讀完全篇的過程中，不需有太多忍耐的話，那是因為是小說的關係。」

在寫作這部作品群時，春樹意識到自己喜歡傾聽別人談話，具有從別人的談話中探索出趣味性的能力。

其後，這項才能也在探討地下鐵沙林事件，反覆進行訪談的《地下鐵事件》、《在約定的地方》等作品中，受到充分發揮。

か 《回家的飛天貓》

「帰ってきた空飛び猫」かえってきたそらとびねこ

一九九三年講談社出版，一九九六年發行文庫版，講談社文庫，繪本，亞修・K・盧格恩著，村上春樹譯，S・D・辛德勒繪圖。

原著為*Catwings Return*（Orchard Books, 1989），為「飛天貓」的續篇。

在安詳平靜的森林內生活，背上長有翅膀的貓兄弟瑟曼、羅傑、詹姆斯、哈雷特。四隻貓在漢克和蘇珊這對人類兄妹的寵愛下，過著寧靜的日子。

有一天，為了探望住在遙遠城鎮的母親，詹姆斯和哈雷特於是展開旅程。

雖然筋疲力竭，但是兩隻貓還是順著「歸巢本能」，不斷地飛行。好不容易抵達從前居住的破舊小巷，卻發現相當於自己家園的垃圾場早已消失無蹤，也看不到母親的身影。

眼看著舊建築物為怪手逐漸摧毀，詹姆斯和哈雷特不禁膽怯了起來。雖然呼喊「媽媽！」尋求協助，卻沒有得到任何回應。取而代之的是，在老舊的倉庫內發現一隻長著翅膀的黑色小貓咪。這隻貓也是母親的孩子。詹姆斯和哈雷特抱起小貓咪飛向天空。

途中碰見白頭翁，循線抵達母親居住的地方。母親已經上了年紀，由一位人類的老婆婆飼養著。彼此雖對能夠再會感到激動落淚，母親卻要他們帶著小貓回到原來住的鄉下，只留下一句「我將會作美夢，夢見這孩子和你們一起在天空中自由飛翔」。

三隻貓平安返抵瑟曼和羅傑居住的地方，擔心不已的漢克和蘇珊也鬆了一口氣。而小貓則被取名為珍。

村上春樹在後記中，說明了自己對fantasy的看法。「fantasy是非常個人的東西。這是對你一個人或敞開或關閉的窗。對某人能順利『起作用』的fantasy，對其他人也許完全『起不了作用』」。

他說，fantasy沒有年齡的限制，這個故事乃是為「被吸引的你」而存在。

換句話說，當然也有人認為這是毫無用處、騙小孩的故事，不過，要如何判斷，則完全委諸於每位讀者。

笠原May

か 笠原メイ かさはらめい

在《發條鳥年代記》中登場，與為了找貓而走在世田谷後巷的「我」偶然相遇的開朗少女。

她的出場貫穿整部作品，成為支撐現實世界的「我」的存在。雖然年僅十六歲，卻抽short hope香煙、喝海尼根啤酒，是個內心層面有點問題、喜歡假髮的女孩。

與男孩共乘摩托車時發生車禍，騎車的男孩死亡，她則活了下來。而在家裡療養時，遇見了主人翁。

雖把主人翁岡田亨關在井裡，內心的問題也相當多，但是她也因而透過「發條鳥先生」——岡田亨而逐漸平撫痊癒。

雖然突然銷聲匿跡，不過在第三部時，卻常寫信給主人翁。

在故事中，除了岡田亨之外，和其他人物都沒有直接相關，寫的信也沒有實際寄到主人翁手上，但是她的存在卻在作品中扮演重音（accent）的角色，賦予流暢的節奏。

《聽風的歌》

か 「風の歌を聴け」 かぜのうたをきけ

一九七九年出版，村上春樹的處女作，獲得「群像」新人文學獎。中譯本由時報出版公司於一九八八年首次出版，不過當時因顧慮頁數太少，於是增加了原著所沒有的〈開往中國的慢船〉，一九九二年二月重新出版後，已將之刪除。賴明珠譯。

這是村上春樹一面經營爵士樂咖啡廳，再利用深夜時分，邊喝啤酒邊寫作，每天大約寫一個鐘頭，共花費四個月時間完成的小說。

雖說是小說，內容卻穿插格言（aphorism）或插圖、廣播節目DJ的會話等片段式的章節，可說是實驗性的作品。

全書描繪主人翁「我」二十一歲那年暑假，在故鄉送走的每一天。在東京念大學的「我」，夏天回到小小的鄉下家鄉度假，沒什麼特別的事做，每天就在一個叫做「傑」的中國人經營的「傑氏酒吧」裡喝啤酒。

每到傑氏酒吧，大概就會和友人「老鼠」碰頭。

某天晚上，「我」在那裡發現一個醉倒在洗手間的女孩，並把她送回家。那是一個左手沒有小指頭的女孩。隔天早晨，「我」像被攆走似地和女孩分手，卻又在偶然的情況下，和在唱片行打工的她重逢。

兩人漸漸親密了起來。但是，卻不曾刻意縮短彼此之間一定的距離感。另方面，「老鼠」則自動退學、也和交往的女人分手，根本不看書，卻說想寫小說。一個夏天就這樣子什麼也沒發生地悄然消逝。

既不積極與他人交往，也不強烈追求什麼。存在那裡的雖是某種達觀，卻刻意地選擇這種態度的登場人物們。

「抱著理想啦夢想啦奮力前進，究竟可以獲得什麼？究竟會到達哪裡？」（《聽風的歌》）

本書以村上春樹文學早期的特徵「疏離」（detachment）為主題。再者，最初雖嘗試採用屬於小說主流的寫實手法文體來寫，最後卻又完全捨棄。「依自己喜歡的去寫吧，換句話說，用開玩笑的方式來寫看看」——抱著這樣的心態專心寫作下，春樹獨特的、非借自他人的形式於焉誕生。

加納馬爾他/加納克里特

か

加納マルタ/クレタ
かのうまるた/くれた

《發條鳥年代記》的登場人物。加納馬爾他和克里特是姐妹。

加納馬爾他是個擁有特異能力的女性，因為曾在馬爾他島修行，故取此名。最初是在受託尋找主人翁家裡走失的貓的情況下登場，不過，卻預言了除此之外的事情，為主人翁提供了許多建議。是一位謎團般的女性。

加納克里特是迦納馬爾他的妹妹，一身六〇年代的化妝和髮型。

二十歲時決心自殺，卻失敗了。自殺未遂後，因為金錢上的問題而當起妓女，卻幸運地接近原來應有的形貌，並成為馬爾他的靈媒，為她工作。

克里特屢屢在主人翁岡田亨的夢境登場，與其交媾。

岡田亨在故事的最後，夢見她生下一個名叫科西嘉的小孩。

《看袋鼠的好日子》

か「カンガルー日和」かんがるーびより

一九八三年平凡社出版，文庫版於一九八六年由講談社發行，佐佐木馬其畫。中譯本為《遇見100%的女孩》，由時報出版公司於一九八六年七月初版，一九九二年二月再推出修正版，賴明珠譯。

本書收錄雜誌*TREFUL*一九八一年四月號至一九八三年三月號連載的二十三篇「像短篇小說一般的文章」。內容不僅涵蓋所謂的短篇小說，還包括隨筆式的文章、為長篇預作準備的素描式文章。

村上春樹表示，因為想到「每個作品都有各種變化或差異，對讀的人大概也會比較有趣——多少有些自我辯護的——」，故內容橫跨多領域。

作品長度各約四百字稿紙八張至十四張，只有收錄在最後的〈圖書館奇談〉

例外，篇幅較長。

其中，作為書名的〈看袋鼠的好日子〉乃某天早晨，「我」和「她」兩人前往動物園觀賞袋鼠的故事。

「她」連珠炮地一個接一個提出與袋鼠有關的問題，「我」則用事先查閱動物圖鑑所獲得的知識一一回答。兩人持續進行你來我往的隨性對話，然後結束。

「睏」是在結婚典禮中，不知為什麼受到異常睏意襲擊的男人的故事。這篇故事也是以不斷找藉口說明想睡覺的「男人」和訝異到極點的「她」，兩人之間的對話為中心展開。

唯一的長篇作品〈圖書館奇談〉中，春樹作品中常出現的羊男登場。據說這篇文章是為了滿足村上夫人「想讀連續性鬧劇」的要求而寫。

か 奇奇 キキ きき

在《尋羊冒險記》、《舞・舞・舞》中登場的人物。正確來說，在《尋羊冒險記》中，並未被給予奇奇這個名字。始終被描繪為一個不可解、製造故事展開契機的人物。

擁有形狀完美的耳朵，擔任耳朵模特兒，也在出版社當校對，同時又是高級應召女郎。主人翁「我」因為受到她耳朵的吸引，而和她展開共同生活。

她擁有不可思議的預知能力，在《尋羊冒險記》中，因著她的一句「從現在起尋羊冒險就要開始了」，「我」開始展開行動。她把「我」引導到「海豚飯店」，任務結束後即銷聲匿跡。

在《舞・舞・舞》中，「我」感應到奇奇正需要自己，於是前往「海豚飯店」（Dolphin Hotel）。

然後，在「我」初中同班同學五反田君主演的電影中，發現奇奇的身影。片中奇奇為五反田君所擁抱著。

再者，「我」到夏威夷時，她又再度引導「我」，把「我」帶到六具白骨並排的房間去。那之後，在「我」周遭，如果連「老鼠」也包括在內，就一共有五個人死亡，而奇奇也為五反田君所殺。

是奇奇在五反田君的耳邊低語著「勒死我吧！」

《急行「北極號」》

か 「急行『北極号』」「きゅうこう『ほっきょくごう』」

一九八七年河出書房新社出版，繪本，C・V・歐滋柏格著，村上春樹譯。原書為*The Polar Exppess*（Houghton Mifflin Company, 1985），曾獲Cartecot獎，

為美國圖書館協會推薦圖書。村上春樹共翻譯了九本歐滋柏格的繪本，本書為其中的第二本。

聖誕節前夕，少年「我」發現窗外停著一輛火車，於是坐了進去。那是駛往北極的列車，裡面坐滿了小朋友。

在北極圈的鎮上有許多工廠，小精靈們正忙碌地製作著聖誕節的玩具。「我」從聖誕老人那裡拿到想要的銀鈴。那原本是裝在聖誕老人雪橇上的鈴鐺。那個鈴鐺會發出非常美妙的聲音，但是失去童心的人不會聽見。

歐滋柏格的粉蠟筆畫，溫暖地描繪出聖誕夜的神祕色彩。

《放熊》

か 「熊を放つ」 くまをはなつ

一九八六年出版，中央公論社，John Irving著，村上春樹譯。原著*Setting*

Free The Bears，本書乃寫出《Garp的世界》等代表作的作者，創作的第一部小說。

本書由以歐洲為舞台，描述兩個大學生的摩托車之旅的第一章、以世界大戰中的奧地利為中心的第二章、到描述衝破動物園的第三章所構成。

主人翁漢斯・葛瑞夫和具有毀滅性傾向的吉佛立特・亞伏多尼克在獲得一輛中古機車的契機下，出發前往歐洲旅行。

舊型的Enfield一路行走順暢，但是隨著葛瑞夫和可憐的少女卡蓮陷入愛河，旅程逐漸變得愈來愈奇怪。吉基因意外事故而喪生，葛瑞夫則看到寫著吉基過去的「筆記本」裡面的因緣性內容。

葛瑞夫於是決定繼承吉基的遺志，前去衝破動物園。

在翻譯上，春樹採取粗略翻譯、再針對五個人物作詳細描述的手法。作品雖顯粗糙，反而更能傳達原作者的「意圖」。

久美子 クミコ

か くみこ

《發條鳥年代記》的登場人物。主人翁岡田亨的妻子。出生在由崇尚菁英思想的父母、一個哥哥和一個姊姊所組成的綿谷家，但是，因為家庭的因素而在三歲至六歲時，寄養在祖母家中。

綿谷家是個相信某種超能力的家庭。被送回家後，由於唯一能敞開心扉的姊姊過世，久美子因而度過艱難的少女時期。

和岡田亨結婚後，愛貓的她開始飼養的貓「綿谷昇」失蹤，沒多久她也接著失去蹤影。

她的哥哥綿谷昇是個擁有某種特別能力的人，而那是非常危險的能力，同時也是「沾污」她、把她姊姊逼入死地的原因。她雖無法逃出其間，卻拚命地向岡田亨求助。

費盡千辛萬苦才被救出的她，親手把陷入意識不明狀態的哥哥殺害。藉由這個舉動，她才終於受到解放。

《聖誕節的回憶》

か 「クリスマスの思い出」 くりすますのおもいで

一九九〇年文藝春秋出版，卡波提（Truman Capote）著，村上春樹譯，山本容子銅版畫。本書與《爺爺的回憶》、《某個聖誕節》一起被歸為「純真」（innocent）系列出版。原書名稱為*A Christmas Memory*（一九五六年）。

「我」七歲，和年過六十的表姊「她」一起生活。兩人年紀雖然懸殊，卻是無與倫比的好朋友。每年十一月接近尾聲的早晨，「她」都會大叫「水果蛋糕的季節來臨了！」

為了在聖誕節饋贈朋友（正確來說有時是陌不相干的人），她總是偷偷地攢錢，好購買水果和麵粉等材料。而耗時四天做好的三十一個蛋糕，則用郵寄的方式分送給友人們。

至於聖誕樹，則總是越過河川到遠處挑一棵最棒的樹，再搬回家裝飾。因為沒錢，所以都是用蠟筆在紙上畫好魚或天使等，再剪下來當飾品。也會準備禮物。

「我」和「她」每年都會交換手工製的風箏，再一起放到天上翱翔。雖然微不足道，卻是安穩平和的聖誕節。

其後，「我」被送到寄宿學校，「她」則單獨被留下、逐年老去。最後，縱使十一月來臨，「她」也無法再高喊「水果蛋糕的季節來臨了！」而與世長辭。

「我」回想起那個最後的聖誕節，覺得「我這個人最重要的一部分，已經被切斷了」。

卡波提還留下許多卓越的短篇小說。不過，春樹認為，大概沒有一個作品像這個故事般受到人們喜愛。

「流暢、美麗、宛如歌唱般的文體」，同時，「這裡所描繪的是完美無暇的純真形貌」。

正因為「是弱者、貧苦、孤立」，所以才能「理解世界的美好、人類懷抱的自然愛情、生命原有的光輝」。

一旦長大成人即在不經意間遺忘的純真無邪心靈——卡波提卻永遠地擁有著。

春樹說：「每當閱讀這篇故事，就會捫心自問，自己究竟已經遠離這樣的純真小世界有多遠了？」在他的心目中，他把這個作品定位為這種「美麗哀愁的定點」。

群像新人文學獎

か 群像新人文学賞 ぐんぞうしんじんぶんがくしょう

講談社主辦。自一九五八年持續舉行至今，為一個以新人為對象的文學獎，共有小說部門和評論部門兩類。

村上春樹以處女作《聽風的歌》，榮獲第二十二屆群像新人文學獎。在此附帶一提的是，第十九屆則由村上龍以《接近無限青的藍》獲得。

對於參賽的理由，春樹如此描述：「到附近的『明治屋書店』，不花錢地白看文藝雜誌，考慮參加新人獎徵文比賽。記得當時『群像』好像規定頁數最多不得超過兩百頁，『文學界』則限制在一百頁以內。我心想，寫成一百頁有點困難，如果是兩百頁大概多少還可以做到。」

「老實說我並不認為自己能過關。不過，當我聽說進入決賽時，也想過大概會得獎吧！那是一本all or nothing的小說。我覺得既然進入決賽，就有某種氣勢，因此應該會被挑起。」（《村上春樹book》）

關於得獎的感想，他的回答是：「雖然感到非常高興，不過，我並不想只拘泥於有形的東西，何況我也過了那種年紀了。」（《群像》）

當時的評審委員為佐佐木基一、佐多稻子、島尾敏雄、丸谷才一、吉行淳之介等五名。

其中，吉行淳之介的評語如下：「在乾爽的輕快感的底層，存在著朝向內面的眼神，主人翁立刻把這樣的眼神轉向外面，擺出漫不經心的態度。能在不令人不快的情況下把這個傳達出來，可說是非常高超的技巧。不過，這裡呈現的不僅是技巧而已，還加上作者有深度的人間性。對這點，我給予高度的評價。」（《群像》）

結婚

か 結婚 けっこん

男女在戶籍上締結正式的夫妻關係，謂之結婚。

村上春樹在一九七一年二十二歲的時候，和陽子夫人兩人以學生的身分結婚。據他說，當時因為還是學生，沒有錢，所以就在文京區千石經營寢具店的夫人娘家白吃白住，開始了結婚生活。

而和陽子夫人認識的經過則是，「上第一堂課時兩人坐隔壁，當時討論的主題是『美國帝國主義對亞洲的侵略』。因為她以前念的是天主教教會的女校，對那些事一概不知，就在教她的過程中，逐漸熟稔。」

「不過，並不是馬上就達到互許終身的地步。一直到大二以前，都只是普通朋友的感覺在交往。」

「結果因為助跑過程相當長，因此即使結了婚，也非常輕鬆。」（《村上朝日堂》）

「當時因為年少無知，所以幾乎什麼也沒想地就結了婚，沒想到就這麼進入銀婚階段了。人生真是恐怖呀。」（網頁）

關於結婚生活，他表示：「我覺得現在的結婚已經夠有趣了，因為我的人生從來沒有這麼有趣過」（《村上朝日堂》），並說：「想要填補缺欠，唯有自己明確地認識缺欠的場所和大小。所謂結婚生活，如果追根究底地分析，不過就是這種冷靜嚴格的相互繪圖作業罷了。」（《村上春樹會見河合隼雄》）

健康

か 健康 けんこう

村上春樹一直不持續不綴地向馬拉松和triathlon挑戰，他也是一位以注重健康聞名的作家。

「『一是健康、二是才能』是我的座右銘。想要長期維持努力和集中力，無論如何都需要體力，而且藉維持努力和集中力來使增殖才能，並非不可能。」（《村上朝日堂的反擊》）

「雖然很多人都說，一個創作者不應太過健康，但是我卻覺得不然。我認為人類的精神生來就是不健康。如果自以為健康，那就錯了。不過，要抽出那個不健康，是需要強大力量的，因此肉體非得健康不可，而這個健康並非單只是『五體滿足』而已。」（《村上春樹book》）

高中時代

か 高校時代 こうこうじだい

村上春樹於一九四九年出生於京都，一九六四年四月進入兵庫縣立神戶高等學校就讀，在此度過三年的高中生活。

「幾乎天天打麻將、追女孩子、泡爵士樂咖啡廳、一部又一部地看遍所有電影，既抽煙，也常蹺課。」

看來他似乎愛做什麼就做什麼，過得蠻快樂的。至於社團活動則參加新聞委員會。

他自陳，雖不怎麼唸書，但因為生就愛看書，所以國文成績也就自然而然地相當好。

因為用自己的方式閱讀英文平裝書（paperback），所以對閱讀英文相當擅長，不過因為不管文法細節，所以成績「大概只比中等稍微好一點」。

最擅長的科目是世界史。據說原因如下：「為什麼呢？因為從初中開始，我就重複看了十次、二十次中央公論社出版的《世界的歷史》全集。」

基本上，他不想被硬逼著勉強讀書，而是偏好依自己的興趣，照自己喜歡的方式學習。

因為父母希望他念國立大學，所以重考一年，不過因為數學和生物考不好，最後並沒上國立大學。

他表示，從這次經驗中，他得到一個寶貴的教訓，那就是，「不習慣的事最好不要貿然下手，能輕易做好的事最好在能輕易做好時就先做好」。

然後，一九六八年他進入早稻田大學就讀。

五反田君

か 五反田君 ごたんだくん

《舞・舞・舞》的登場人物。五反田亮一。

主人翁「我」初中的同班同學，目前是電影明星。帥氣英俊、穿什麼都好看、做什麼都像回事的理想中的男人。在電影「單戀」中，和「我」以前的女朋友——正處於失蹤中的奇奇一起演出，因著這個契機，「我」和五反田君逐漸親近熟稔。

五反田君雖然走到哪裡都受歡迎，內心卻很孤獨，「我」逐漸成為他獨一無二的好友。他說，自己追求的並非這種華麗虛浮的生活，而是愛與平穩，並對看似照自己的想法和步調過日子的「我」，感到羨慕。

至今仍愛著因為和親戚之間的糾紛以致仳離的太太，並避開媒體的追逐持續會面，但是兩人的關係卻沒有出口。

雖然殺了奇奇，卻想不通殺她的理由，甚至連那是不是現實都弄不清楚。對於自己內心不可控制的惡魔力量，五反田君深懷恐懼。

最後則捨棄一切，雖然和「我」約好一同前往夏威夷，卻開著愛車瑪莎拉蒂（Maserati）衝入海裡。

《國境之南、太陽之西》

か「国境の南、太陽の西」
こっきょうのみなみ、たいようのにし

一九九二年由講談社首度出版的新作。一九九五年推出文庫版，講談社文庫。中譯本由時報出版公司於一九九三年八月發行，賴明珠譯。本書乃繼《舞・舞・舞》以來，睽違四年之後的長篇小說作品。

「我」小學時候和一位姓島本、左腳有點跛的女孩心意相通。經常在她家聽唱片共度時光。但是，因為兩人分別進了不同的中學，於是，「我」開始對像以前一樣理所當然地前去造訪逐漸帶大人氣的她，出現抗拒感。「我」開始遠離她。

其後，高中時代「我」和一位名叫泉的同班女孩交往，並進展到在床上互相擁抱的地步。

但是，泉說「不要急」，「我」於是打消念頭，結果「我」卻和泉的表姊三番兩次地睡覺，深深地傷害了泉，決定性地「損壞」了她。

大學畢業後，「我」進入一家出版教科書的公司上班，卻不覺得工作有什麼意義。三十歲的時候，「我」和途中邂逅的有紀子結婚。

在岳父的建議下，「我」辭掉工作，開始在青山經營演奏爵士樂的酒吧。酒吧被雜誌披露報導，以前的同班同學相繼到店裡造訪。

於是，「我」聽說了泉後來的狀況。據說，一個人靜悄悄地在住宅大廈過日子的她，已經不再像從前那麼可愛，附近的孩子們都怕她。「我」不希望自己這樣輕鬆順利過好日子的事被泉知道，幸好泉也沒有來訪。

來的是治好腳且出落成漂亮女性的島本。「我」再次受到島本強烈的吸引，開始頻繁地和她會面。但是，她對自己的事或生活卻隻字不提。

然後，突然失去蹤影。

「我」一而再、再而三地反覆想起島本，幾經煩惱之後，終於做出結論，那就是——沒有她自己活不下去，若能和她在一起，即使拋妻棄子也在所不惜。

再度出現的島本，送「我」一張孩提時候兩人常一起聽的納金高（NAT KING COLE）的唱片。「我」邀她一塊兒到箱根的別墅聽那張唱片。在別墅時兩人第一次擁抱，但是，隔天早晨醒來時，她已經消失身影。

雖然從未對妻子有紀子說什麼，有紀子卻什麼都知道。

有紀子問：「想分開嗎？」「我」則說自己沒有資格回答。對她的問題保留著沒有回答，「我」繼續活在「某種空白中」。

有一天，偶然在街上看到長相神似島本的陌生人，「我」霎時感到一片混亂。而就在忽然抬頭一看時，泉竟然坐在前面的計程車裡。她的臉完全沒有表情，就像是死亡的臉，「我」不禁一陣呆然。「我」墜入泉的虛無中，最後島本的幻影也慢慢淡化。「我」決定和有紀子重新展開新的人生。

但是，「我」卻欲振乏力，想著降落海上的雨。

這部小說是春樹到美國的第二年寫的，據他說，這本是下一部作品《發條鳥年代記》裡面的四個章節。

他在訪談中表示：「為了把《發條鳥年代記》冷卻一陣子，就把它擺在一邊，後來決定把這四章抽掉，以之為中心，開始重新寫起別的故事。」

commitment

か コミットメント こみっとめんと

牽涉、關係。

一直以「疏離」為主題的村上春樹，藉著《發條鳥年代記》，迎接巨大的轉捩點。那就是對"commitment"（涉及）的挑戰。

那之後的《地下鐵事件》即是經歷國外生活，摸索「如何與外部commit（結合）」而創作的成果。換言之，「所謂commitment是什麼呢？我認為是人與人之間的互動，但是，並非如同既有的『你說的我懂、我懂，那我們手牽手吧』

，而是不斷地挖掘、挖掘、再挖掘『井』，然後在那裡超越幾乎不可能產生關聯的屏障而連結，我覺得我非常為這樣的commitment所吸引」。

他表示，「我這樣的人透過寫東西這樣的行為，應該可以最有效地與外部互動。但是，光是這樣還不夠——這也是毋庸置疑的。」（《村上春樹會見河合隼雄》）

《THE SCRAP～懷念的一九八〇年代～》

さ「THE SCRAP ～なつかしの一九八〇年代～」
ざ・すくらっぷ ～なつかしの1980ねんだい

一九八七年文藝春秋發行。本書乃集結一九八二年四月到一九八六年二月，共約四年期間在雜誌*Sport Graphic Number*連載的作品而成。

最後並收錄了造訪開業前夕的迪士尼樂園之報導，以及描述洛杉磯奧林匹克運動會十六天當中，村上春樹在日本的生活之〈與奧林匹克不太相干的奧林匹克日記〉（這兩篇作品也都刊載在*Sport Graphic Number*上）。

這原本是*Sport Graphic Number*編輯部，每個月固定把美國的雜誌或報紙寄給村上春樹瀏覽，然後「發現有趣的報導就把它剪下，再用日語整理成文章」之企劃。

據他說，使用頻率最高的刊物依序為***Esquire***、***People***、***Times***週日版、*New Yoker*。

包括凱倫・卡本特（**Karen Carpenter**）之死、麥可・傑克森模仿秀、電影「星際大戰」上映等，本書可說名副其實由一九八〇年代發生的事串聯而成之**SCRAP Book**集，如今讀來，除了令人感到懷念之外，也覺得趣味叢生。

在這部作品的前言中，村上寫著：「請大家以——在搬家途中，老舊的畢業紀念冊從衣櫃掉出來，不禁一頁一頁地逐一翻看——這樣的氣氛來閱讀。」

這本書不僅會令人回想起八〇年代的文化，同時也可從其中窺見村上春樹如何度過那個時代。

The Scott Fitzgerald Book

さ「ザ・スコット・フィッツジェラルド・ブック」
ざ・すこっと・ふぃっつじぇらるど・ぶっく

一九八八年出版，TBS Britannica，村上春樹著、譯，史考特・費滋傑羅（Scott Fitzgerald）著。本作品共由三個部分構成，第一部、第二部為春樹寫作的有關費滋傑羅的文章，第三部則是費滋傑羅的短篇小說。

第一部「史考特・費滋傑羅與五個城鎮」，描述費滋傑羅在美國五個城市的足跡。

第二部「與史考特・費滋傑羅有關的幾篇文章」，主要是探討費滋傑羅的作品和妻子蕊拉的文章。

第三部則收錄了費滋傑羅的〈自立的女孩〉、"Rich Boy" 等兩篇短篇小說。

第二部收錄的《蕊拉・費滋傑羅的簡短傳記》，則是描述史考特之妻蕊拉一生的作品。從幼年時期就洋溢著生命力的她，可說和丈夫一樣，都是美國一個時代的象徵性存在。本文敘述她奔放的歲月與被壓抑的晚年，可說是描繪她饒富興味的人生的傳記作品。

《有用的小事》

さ「ささやかだけれど、役にたつこと」
ささやかだけど、役に立つこと

一九八九年，中央公論社，瑞蒙・卡佛著，村上春樹譯。本書收錄了選自卡佛四部短篇集的十二篇短篇小說。村上春樹對見到卡佛時的感覺，作了以下的描述：

「他非常壯碩。坐在沙發上微微蜷縮著身體，看起來好像對自己魁梧的身材感到抱歉似的。」

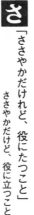

村上春樹深深為這個身材魁梧的作家所吸引。為什麼呢？因為「他真的是原創（original）」。

卡佛只使用真的自己的言語、通過自己身體的言語。首次婚姻的失敗、酒精中毒、與終生伴侶泰絲的相逢、成為一個成功的作家、生病，透過這種本身經歷的痛楚、苦惱與喜悅而領會的世界語言來寫小說的他那真摯的態度，引起村上春樹強烈的共鳴。

也是本書標題的短篇小說〈有用的小事〉描述的是，某天突然失去孩子的夫婦與變得無法愛人的麵包店老闆，偶然的心靈交流。

在此之前，夫婦一直扮演著隨處可見的幸福家族，麵包店老闆一直扮演著到處都有的麵包店老闆。

孩子死時，夫妻衝到麵包店。而夫妻與麵包店老闆在那裡的對話，把他們逐漸引導到某種救贖，雖然那並非真正的救贖，卻發揮了些許的功用。

村上表示，繼本書之後，將來都要以沿襲在美國發表的原創型態之形式，持續翻譯卡佛的作品。而且，「對我而言，只有這個我無論如何都想好好完成」。為什麼呢？「因為我非常喜歡翻譯瑞蒙・卡佛的作品」。

さ《Sudden Fiction超短篇小說70》

「Sudden Fiction超短編小説70」
さどん ふぃくしょん ちょうたんぺんしょうせつ70

一九九四年出版，文藝春秋，羅伯特・夏巴德／詹姆斯・湯姆斯著，村上春樹／小川高義譯。共收錄七十篇二頁至十二頁的超短篇小說。全部都是美國作家的作品。

編輯們原本把本書所收錄的這種與所謂短篇性質不同，但如果說是"short・short"卻又過度輕微的新小說形式，暫時命名為"blasters"（爆炸物），不過由於風評不佳，因此最後在取得共識下定名為"Sudden Fiction"。

至於各界作家對"blasters"這個最初的title所發出的回響、批判，則以「備忘錄」的形式，整理於本書的最後。

春樹說，本書收錄的sudden fiction，「嫻熟的短篇式寫實主義類型」和「爆炸性的超寫實主義（surrealistic）類型」兩種主流，分別依個別的作品，以各種比例穿插。

只要閱讀這七十篇小說就會瞭解，「這個世界真的有形形色色的人，寫著各式各樣的小說」。

這本書雖由兩個人合譯，不過據說誰翻譯哪篇，基本上是用誰搶得快就誰翻的方式來決定。其中，「也有兩人都『不想翻』的作品，這種作品都是儘可能高尚地、和顏悅色地互相推給對方」。

《再見Birdland——一位爵士樂音樂家的回憶》

さ

「さよならバードランド・あるジャズ・ミュージシャンの回想」
さよならばーどらんど・あるじゃずみゅーじしゃんのかいそう

一九九六年出版，新潮社，Bill Crow著，村上春樹譯。乃五〇年代活躍於紐約的貝斯手Bill Crow的自傳。從對史坦・蓋茲（Stan Getz）、泰利・吉布斯（Terry Gibs）等演奏的感想，到在店裡看到的比莉・哈樂黛（Billie Holiday）的模樣等，實則有許多爵士樂音樂家在本書登場。

整部作品共計四十六章，卷末則附有村上春樹撰寫的〈我個人的唱片指南〉，詳細解說與各章有關的唱片。

本文有部分曾在《小說新潮》一九九四年三月號至十二月號連載。

「本書最大的魅力應該在於字裡行間充滿著純粹的喜悅吧！那是與各種夥伴一同演奏爵士樂的喜悅，以及透過爵士樂這種音樂，深入一個時代生存的喜悅」，春樹在後記中如此敘述。

一直與爵士樂共度時光的春樹，邊享受其中樂趣邊翻譯的模樣躍然紙上。

三明治

さ サンドウィッチ さんどうぃっち

在村上春樹的作品中，料理和音樂一樣，都被用來作為畫龍點睛的小道具。其中，三明治的出現頻率尤其高，種類也極為豐富。

例如，生菜與香腸的三明治出現在《聽風的歌》；香菇與菠菜的三明治出現在《1973年的彈珠玩具》；乳酪與小黃瓜的三明治出現在《尋羊冒險記》，而描寫的方式也極為巧妙、真實。

「那個三明治輕易地通過我所定的基準線。麵包新鮮有彈性，由銳利清潔的刀子所切。這雖是常受忽視的細節，不過，想做風味絕佳的三明治，準備一把優質的刀子是絕對不可或缺的。不管材料多麼昂貴齊全，如果刀子不佳就做不出好吃的三明治。芥末是頂級的、生菜也十分新鮮輕脆、而美乃滋也是手製的或近乎手製的。已經好久沒吃過做得這麼好的三明治了。」（《世界末日與冷酷異境》）

令人忍不住油然升起想吃的衝動，同時也透露出春樹的講究。

事實上，春樹非常喜歡三明治，據他說，他自己也常做。

「我最近對把蔬菜夾在pita麵包再烤脆來吃的三明治非常熱中，相當不錯喔！」（網頁）

さ 島本

島本さん　しまもとさん

《國境之南、太陽之西》的登場人物。左腳微跛、五官分明的早熟女孩。後來，腳也動手術治好，出落成為一個衣著品味高尚的漂亮女性。她和主人翁「我」相逢於小學時代，是個對其後「我」的人生持續產生影響的人物。

自從上不同的中學以來，兩人逐漸疏遠，直到三十六歲才又重逢。島本總是在「我」的面前出現又消失，最後在「我」的別墅激情互擁後，即永遠地銷聲匿跡。

雖然強烈地愛著「我」，卻無法把自己抱持的東西強押在「我」身上，終至無法忍受那個沈重。

她對自己初中以後的人生和現在的生活，幾乎隻字不提，雖然書中透露出一些類似：即使不工作也有可供她過舒適生活的財源、生產後隔天孩子就死了等片段資訊，但是眾多的謎團直到最後還是未在小說中釐清。

主夫生活

さ 主夫生活 しゅふせいかつ

村上春樹小說中的人物不是單身、有離婚經驗，就是沒有工作，因此，男主人翁在家裡做家事的場面頻繁地出現。春樹說他本身也曾在結婚的第二年，做過大約半年「主夫＝house husband」。

「『主夫』的日常和『主婦』的日常幾乎同等平穩。首先，早上七點起床做早餐，送老婆出門工作，收拾善後。把流理台裡面的碗盤立刻清洗乾淨，乃是做家事的鐵則之一。」

「買菜的時候順便到『國分寺書店』賣賣書或買買便宜的舊書。接著回家簡單地吃個中餐、燙衣服、大略地清掃屋子，然後就坐在廊沿和貓玩耍、看書，悠然過到傍晚。」

「洗米煮飯、做味噌湯、燉東西、準備烤魚、等老婆下班回家。」「現在回想起來，總覺得那半年是我人生中最好的一頁。」（《村上朝日堂的反擊》）

春樹的小說中時而穿插著燙衣服、做簡單料理的場面，這大概是因為他在實際生活中也能掌握訣竅、做好家事的緣故吧！

寫小說的契機

さ 小説を書いたきっかけ しょうせつをかいたきっかけ

村上春樹以《聽風的歌》躍登文壇，而該作品是在一九七九年發表，在前一年，也就是一九七八年寫作。

據他說，他下決心要寫是在那年四月的午後，當時二十九歲，場所是在神宮球場。

那是日本職棒中央聯盟的開幕賽，養樂多對阪神之戰。當時住在神宮球場附近的春樹，經常大白天就去看比賽。

「那是很舒服的一天，懶洋洋地躺著喝啤酒時，不知怎地忽然湧起一股想寫的情緒來，於是就去買來鋼筆和稿紙寫了。」

「在此之前，工作繁忙，幾乎沒寫過東西，而且也從沒有興起想寫的念頭——雖然因為愛看書而讀了不少。因為光開個店就忙得很，沒時間想那種事呀！」

「不過，那年店裡的生意卻清淡得可以，只有時間倒是空出一堆。剛好也快要邁入三十歲了，心裡也想必須做點什麼才行。」（《村上春樹book》）

於是，從四月開始動手寫，夏天時完成。

對於在神宮球場那天的懷想則是，「現在回想起來就會覺得，事實上那或許就和墜入激烈的情網，在原理上是相同的。那種酥酥麻麻通過整個背脊的感覺，除了激烈的宿命熱戀之外，什麼也不是。」

「在我自己的意識當中，我可說在這一天、在神宮球場的外野席上，已經成

為一個作家了。」（《村上朝日堂是如何地被鍛鍊》）

寫小說

さ 小説を書く しょうせつをかく

村上春樹雖是活躍的小說家，但是，對他而言，「寫小說」究竟是什麼呢？春樹如此說道：

「我認為寫小說在許多部分是自我治療的行為。雖然或許也有人是『因為有什麼訊息（message），所以將之寫成小說』，但是至少我並非如此。我覺得，我毋寧說是為了探索自己的內面究竟存在有什麼訊息，才寫小說的。」

「寫小說和電動玩具的角色扮演遊戲，兩者關鍵性的差別在於，自己所面對的那個程式的創造者是自己。……右手做的事左手不知道，左手做的事右手不知道。這對我而言是最高的遊戲，感覺上像是自我治癒。」（《村上春樹會見河

合隼雄》）

《貫穿心臟》

さ「心臟を貫かれて」しんぞうをつらぬかれて

一九九六年出版，文藝春秋，麥克．吉莫爾著，村上春樹譯。獲全美批評家協會獎的nonfiction作品。原著名稱為*Shot in The Heart*。

本書乃鉅細靡遺地刻劃蓋瑞．吉莫爾及其家族歷史的作品。蓋瑞．吉莫爾是作者的親哥哥，也是主動讓已有十年以上未曾執行的美國死刑制度復活的死刑犯。

一九七六年蓋瑞．吉莫爾殺害了兩個青年，並被判死刑，而他主動向法庭要求執行當時已有近十年未施行的刑罰。這件事深受矚目，終至引發全美議論。

故事從與全家關係深刻的摩門教歷史開始，再擴及於父親、母親、其他兄弟姐妹等所有家人，作者企圖從本身的記憶與資料雙管齊下，忠實重現事實，以逼近吉莫爾家族的核心。

這是春樹難得一見的nonfiction作品譯作。一開始是他的妻子建議他翻譯，然後他就利用寫《發條鳥年代記（第三部）》的空檔著手進行。

說故事

さ ストーリーテリング

すとーりーてりんぐ

村上春樹的處女作《聽風的歌》採散文式的筆調，沒有故事性，但是，從《尋羊冒險記》開始，他逐漸意識到自己內面存在的說故事（story telling）才華。

換言之，繼疏離之後，他處理的主題即「說故事」。這樣的結果促使《世界末日與冷酷異境》成為他追求說故事樂趣的作品。

「我的作品漸漸變得愈來愈長。如果不寫長一點，所謂的故事，對我而言是無法成立的。另一點是，必須是非常自然發生（spontaneous）的故事才行。像『這個變這樣、變這樣』這種計畫性的創造，對我毫無意義。因此，都是自然地『下一步有什麼會來、下一步有什麼會來』地順勢創造，最後來到結尾。為什麼呢？因為如果結尾沒來，就不成為小說。」（《村上春樹會見河合隼雄》）

而現在村上春樹甚至已經到達超越說故事的階段。

「開始創造故事以後，只要故事是故事就很高興了。我想我可能就這樣地走到第二階段了。《發條鳥年代記》對我而言是第三階段。首先有格言（aphorism）、疏離，其次有說故事的階段，最後，自己逐漸明白，即便如此還是少了什麼。這個部分大概就涉及了所謂的commitment吧。」（《村上春樹會見河合隼雄》）

《了不起的亞歷山大與飛天貓們》

さ 「素晴らしいアレキサンダーと、空飛び猫たち」

すばらしいあれきさんだーと、そらとびねこたち

一九九七年出版，講談社，亞修・K・盧格恩著，S・D・辛德勒繪圖，村上春樹譯。

此乃繼《飛天貓》、《回家的飛天貓》之後，第三部飛天貓系列的作品。第二部作品中開始和四隻飛天貓一起生活的小黑貓「珍」，因為受驚嚇以致一直無法開口說話。

珍拯救了迷路而從樹上下不來的貓「亞歷山大」，並帶他回飛天貓們居住的倉庫。

為了報答珍解救自己的恩情，亞歷山大一直想為珍做件很棒的事。於是，亞歷山大很有耐心地問出珍無法說話的原因，治癒了珍內心的創傷。珍開口說

話了。

村上春樹認為，跟前兩部作品相較下，這部作品藉著亞歷山大這隻普通貓的登場，而抵達「能在天空飛翔當然是件很棒的事，但是即使是沒有翅膀的貓，也可以做同樣棒的事」這樣「靜謐的頂點」，並對此給予高度評價。

《西風號遇難》

さ「西風号の遭難」せいふうごうのそうなん

一九八五年河出書房新社出版，繪本，C・V・歐滋柏格著。村上春樹譯。原書為*The Wreck of Zephyr*（一九八三年）。

村上春樹共譯了九冊歐滋柏格的繪本，本書為其中的第一本，同時也是獲選為Best Illustrated Book（《紐約時報》）、繪本日本賞等獎項的名作。

駕船高手的少年，在暴風雨的日子，駕駛「西風號」出海，卻在一個陌生的地方遇難。當地的船伕們可以利用風力，讓船體漂浮在空中。少年大吃一驚，並想盡辦法希望自己也學會這個技術。夜晚偷偷練習之際，西風號順利漂浮而起，少年於是搭船踏上歸途，但是當風向改變時，船即掉落地面。

春樹給予這樣的評價，「歐滋柏格的畫除了對我們展示一幅風景外，同時也透過那幅風景，朝內面推開我們自身的心靈之窗」。

《世界末日與冷酷異境》

さ 「世界の終わりとハードボイルド・ワンダーランド」

せかいのおわりとはーどぼいるど・わんだーらんど

一九八五年出版，新潮社，文庫版於一九八八年發行，新潮文庫，村上春樹的第四部長篇小說，榮獲一九八五年度的谷崎潤一郎賞，中譯本由時報出版公司於一九九四年九月發行，賴明珠譯。

「冷酷異境」和「世界末日」兩個故事交替撰寫，平行並進。

「冷酷異境」為嚴守資訊祕密的計算士們的「組織」（system）和竊取資訊的記號士們的「工廠」（factory），展開資訊戰爭的世界。

身為計算士的「我」（原文「私」），腦中被組入與自己的意識迥然不同、老博士編輯的意識之核。那原本是個實驗，卻因為恢復原狀所需的機械和資料全部喪失，「我」遂不得不永久活在被編輯的意識中。

另方面的「世界末日」則是為高牆圍繞、閉鎖的不可思議的街。要進入這條街，必須拋棄自己的「影子」，而拋棄「影子」的人將會失去心。

殘留的心由獨角獸承接，因為再也不能承擔那個沈重，獨角獸遂逐漸死去。一旦失去「影子」，將無法品嘗激昂的興奮或愛憎、幸福的感覺，取而代之的是，人會為安詳與寧靜所包圍。「我」（原文「僕」）也被迫和「影子」分離，並被指定到位於街上的圖書館，負責從獨角獸的頭骨讀夢的工作。

我的「影子」指出這條街的完美性有什麼地方不對勁，並計畫和「我」一起逃出這條街。

「我」也一度決定逃脫，但是，卻發現創造街的是自己本身，於是決定留下以負起責任。

兩個故事一開始看似無關，卻以絕佳的步調逐漸連結。「我」（私）與圖書館的館員逐漸親近，「我」（僕）也為在圖書館協助讀夢的女孩所吸引。除此之外，獨角獸、「丹尼男孩」（Danny boy）的歌曲、「世界末日」等共同的關鍵字也一一浮現，兩個世界漸漸互相產生共鳴。

再者，這部作品乃是以一九八〇年在《文學界》發表的中篇小說〈街與其不確定的圍牆〉為motif創作而成。村上春樹說，他是抱著「必須對在未完成的狀態下即撤手不管的東西，做個了斷」的心情而寫。

《1973年的彈珠玩具》

さ「1973年のピンボール」

1973ねんのぴんぼーる

一九八〇年出版，講談社。乃繼《聽風的歌》之後，村上春樹初期三部作品當中的第二部。寫法採「我」和「老鼠」的故事交替進行的雙重結構。中譯本由時報出版公司於一九八六年初版，一九九二年再重新推出新版，賴明珠譯。

「我」在東京和友人一起經營翻譯社，工作還算順利，但是對生活卻感到格格不入。

有一天早晨，當我在自己的公寓醒來時，兩臂竟各睡著一對雙胞胎女孩。她們就這樣在「我」的房間住了下來。

另方面，從大學退學的「老鼠」則無所事事地在故鄉徬徨遊蕩。雖然認識一個女人並固定到她房間，但是莫名的無力感卻未獲得救贖。為了求變化，他遂決定和女人分手，離開故鄉。

「我」在某個黃昏，突然對某樣東西的行蹤產生深切的關心。從前，在故鄉「傑氏酒吧」裡面的一台彈珠玩具機、三把式的「太空船」，究竟流落何方了？

那座珠台是我和老鼠發洩無處寄託的心情的地方。就在找尋求這台彈珠玩具機之際，我和擔任西班牙語講師的彈珠玩具機玩家會面，最後終於在巨大的冷凍倉庫中和「太空船」重逢。

而雙胞胎女孩則離去。

春樹表示，他是在沒考慮結局的情形下，寫了這部小說。這是一部「把重心放在尋找什麼」（在書中是「太空船」）的小說，結果究竟會走向哪裡，在不斷寫下去之前，他自己也不知道。

但是，隨著故事的進展，他察覺到，自己內部存在著漸漸自然地「編織出故事」的能力。

在稱為「尋找並發現」（seek and find）的主題中，尋找彈珠玩具過程的趣味和想要填補欠缺什麼的心靈，軌跡交錯，賦予故事深度。

此外，因著「想練習寫實主義（realism）文體」的想法，只有「老鼠」的部分用寫實主義手法來寫。

全裸家庭主婦

さ 全裸家事主婦 ぜんらかじしゅふ

即裸體做家事的主婦。

村上春樹在美國報紙的人生協談專欄看到的報導中，有一則如下：「送走丈夫和小孩後，我總是脫光衣服做家事。但是，有一天一個男人卻闖進來強暴了我。我本來是很享受裸體做家事的人生的，但是被強暴後人生觀卻完全改變。我該怎麼辦才好？」

於是，他在《週刊朝日》的隨筆中寫了這則軼事，沒想到「我也一直是裸著身體做家事喲」之類的投書，竟如雪片般從日本各地飛來。

其中，甚至還有類似「你們男作家啊，真是沒見過世面、什麼都不懂喏，真可愛」之類「帶有嘲笑口吻的信」。

春樹對這個事實大感震驚，在後來的隨筆和網頁中，也再度提出這個話題。同時也瞭解到裸體做家事的理由形形色色，因人而異，例如，「裸體做家事，身體比較輕，感覺很舒服」、「淋浴後覺得穿衣服很麻煩，於是就什麼也沒穿地拖拖拉拉做起家事來」、「為了紓解壓力」等等。

他說：「或許我在不知不覺間，竟踏入了一個可怕的世界也不一定。」

（《村上朝日堂是如何地被鍛鍊》）

《象／通往瀑布的新小徑》

さ

「象／滝への新しい小道」

ぞう／たきへのあたらしいこみち

一九九四年出版，中央公論社，瑞蒙．卡佛著，村上春樹譯。本書分為〈象〉和〈通往瀑布的新小徑〉兩個部分。

對卡佛而言，前半部乃最後的短篇小說集，後半部則是最後的詩集。村上春樹表示：「我非常喜歡這些作品根底相通的某種溫柔哀愁的『散落』感」。

他所說的「散落」乃指類似「撫慰」（soothe）「滿溢的東西」之感覺。此外，對於卡佛的死，他並不僅止於惋惜其英才早逝，還指出，應把卡佛在生的高峰寫下來遺留給後世的「死」這種東西的鮮明強烈光景，理解為我們人類內在死亡的不可避免性並採納之，這才是重要的作業，同時這也才是晚年的卡佛所要傳遞的訊息。

在寫作最後的短篇〈跑腿〉時，卡佛被醫生宣告罹患癌症，而這事實上已意味著死。這個故事描述主人翁柴沃夫在餐廳第一次吐血，到迎接死亡來臨的過程。

村上春樹說，讀這篇小說時，內心最受感動的是，卡佛作為一個小說家的「冷靜透徹」、「痛切激烈」。

《象工廠的Happy End》

さ「象工場のハッピーエンド」
ぞうこうじょうのはっぴーえんど

一九八三年發行，CBS・SONY出版，文庫本於一九八六年推出，新潮文庫，安西水丸畫，村上春樹首部隨筆集。

據他說，雖然他「寫小說才是本業」的意識很強，覺得出隨筆很羞恥，不過，和安西水丸一起合作，促使他作下決定。

本書內容涵蓋村上春樹對約翰・亞普克、羅斯・麥當勞等喜歡的作家的回憶、對海灘男孩（Beach Boys）、雙胞胎、咖啡等的執著等等。

而描寫早上到象工廠上班模樣的"A DAY in THE LIFE"、描寫與會說話的狗對話之〈鏡中的晚霞〉等，則近乎短篇小說的形式。

而在最後的對談〈畫家與作家的快樂結局〉中，則談及村上春樹與安西水丸兩人的第一次合作、請水丸為春樹家的和式拉門作畫時的事件等。

《飛天貓》

さ 「空飛び猫」 そらとびねこ

一九九三年出版，講談社，繪本，亞修・K・盧格恩著，S・D・辛德勒繪圖。村上春樹譯。原著為*Catwings*（Orchard Books, 1988）。

這是四隻背部長著翅膀的小貓離開母親身邊，展開冒險的故事，續篇有

《回家的飛天貓》。

貓媽媽在生下四隻小貓之前，做了一個貓在天空飛翔、離開城鎮到外面去的夢。這個城鎮噪音嘈雜、垃圾四散、廢氣籠罩。

這裡根本不是適合小貓咪生長的地方，貓媽媽於是推測，大概是為了讓小貓咪們飛離這裡，神才賦予他們翅膀。

離別雖然令人難過，但是小貓咪們還是決定留下媽媽，飛到其他地方。

小貓咪們剛開始並不能順利飛行，不過雖然累得筋疲力竭，倒也飛到了森林裡面。雖然受到貓頭鷹襲擊、在獵取食物上吃了不少苦頭，但是四兄弟還是同心協力活下去。

然後，他們碰到了漢克、蘇珊這對心地善良的人類兄妹。

村上春樹給予盧格恩如下的評價：「她是個文章寫得漂亮非凡的人，也是我最喜歡的女作家之一。」

據說，親切的春樹讀者因為猜想春樹大概會想嘗試翻譯這類東西，因而寄給了他這本繪本，因著這個契機，他才決定進行翻譯。

畢竟春樹是出了名的愛貓族，何況這又是他喜歡的作家以自己最愛的貓為主題寫的書，因此，「當然再怎麼說也都不能不翻譯」了。

《大教堂》

た 「大聖堂」だいせいどう

一九九〇年出版，中央公論社，瑞蒙・卡佛著，村上春樹譯。本書收錄卡佛的十二篇短篇，以及卡佛的妻子泰絲・蓋樂格、朋友傑・麥肯尼寫作的文章。

這本書和其中幾篇短篇，曾榮獲獎項，深受好評。春樹本身則認為，這本短篇集乃卡佛四本短篇集當中「水準最齊的短篇集」。

卡佛在此之前的作品，獨特的文體中存在著可能成為讀者讀來感到痛苦般偏頗手法的東西。而如何把這種以偏頗手法形式呈現的作家的identity，硬拉到普遍性的領域，對作家而言是最大的課題。

透過這部作品，卡佛蛻變為一個能夠把這個作業，「像老練的棒球打者可以高超地把球放在球棒上搬運般」穩定巧妙處理的一流作家。

短篇〈大教堂〉描述妻子的盲人朋友和丈夫之間不可思議的心靈交流。某天，盲人前來家中造訪。丈夫和盲人看著電視上大教堂的影片，聊了起來，並決定畫成畫。在此，他們之間出現了不可思議的交流。

附帶一提的是，村上春樹從本書選出四篇最佳作品，這四篇作品依序是〈羽毛毽子〉、〈有用的小事〉、〈我打電話的地方〉、〈大教堂〉。而繼此之後的A等級作品則分別是〈廚師的家〉、〈發燒〉、〈馬轡〉。

谷崎潤一郎賞

た 谷崎潤一郎賞 たにざきじゅんいちろうしょう

中央公論社主辦，自一九六五年延續至今的文學獎。為遠藤周作、大江建三郎、丸谷才一、筒井康隆等歷代大作家皆曾得獎之具權威性的獎項。

村上春樹以《世界末日與冷酷異境》獲得第二十一屆（一九八五年）谷崎潤一郎賞。

對於獲獎，春樹發表了如下的感言，「雖然得獎是額外的，沒什麼相干，不過，谷崎賞是我心儀的、感覺很好的獎，感覺上像鬆了一口氣，內心非常感激。」

而評審委員丸谷才一則給予如下的評語，「運用長篇小說的形式，把一個優雅抒情的世界，建構得幾無破綻，這是最了不得之處。……雖然捨棄寫實主義，卻寫得合乎邏輯。獨特的清新風情即源自於此。在這甜美的憂愁底層，實則隱藏著泰然面對現實的態度吧！這個作家藉著和世界保持一定的距離，反而創造世界。他靦腆地把『逃避是一種果敢的冒險』呈現在我們眼前，也可說是故作『無』的訊息傳達者的樣子，但是卻在探求活著的意義。」

《舞・舞・舞》

た 「ダンス・ダンス・ダンス」
だんす・だんす・だんす

一九八八年出版，講談社，文庫版於一九九一年發行，講談社文庫，長篇小說，為《聽風的歌》、《1973年的彈珠玩具》、《尋羊冒險記》等村上春樹早期三部作品的續篇。中譯本由時報出版公司於一九九六年出版，賴明珠譯。

相對於早期三部作品以七〇年代為舞台，這部作品則描寫八〇年代。一九八三年，「我」三十四歲，在東京當自由文字工作者。

感到以前的女友——即突然消失的高級應召女郎奇奇——在呼喚自己，「我」於是前往「海豚飯店」。

然後，吃驚得目瞪口呆。

因為，那間昏暗、小巧的「海豚飯店」已經搖身一變，成為和以往完全兩樣的超近代摩天大樓了。

「我」從在飯店櫃檯工作、帶著眼鏡的漂亮女孩Yumiyoshi那裡得知，飯店裡面存在著另一個世界的黑暗，並在那裡和羊男重逢。

羊男說：「這裡是你的世界。我的任務則是聯繫，就像配電盤一樣，你所追求、到手的東西，我就緊緊地繫起。你總之就是跳舞、不斷地跳舞。」

「我」不斷地和各式各樣的人相遇。

「我」逐漸和被母親丟在飯店的十三歲美少女、具有類似超能力般感性的雪愈來愈親近，接著也和雪的母親——攝影家雨、雪的父親——小說家牧村拓熟識。

在札幌觀看的初中同班同學五反田君主演的電影中，看到失蹤的奇奇出現的畫面，「我」逐漸和五反田君成為無所不談的好友。

和雪共同造訪夏威夷，在街道上，「我」看見奇奇的身影，並一路追到大廈裡面。在那裡，「我」發現六具人骨。

那之後，周圍的人一個接一個相繼死亡。

雨的愛人——獨臂詩人「狄克・諾斯」車禍過世；應召女郎——同時也是奇奇的同伴May，在飯店被殺；雪看見了五反田君殺奇奇的影像。

接著，五反田君開著車子衝進海底。

如果加上在《尋羊冒險記》中死去的「老鼠」，那麼總共有五個人死了。

還有一個……一想到這裡，「我」不禁想到該不會是Yumiyoshi消失了吧，在滿懷不安的心情下，「我」啟程前往札幌。

Yumiyoshi平安無事，「我」和她交媾，然後，找到應留住的現實。

短篇小說

た 短篇小說 たんぺんしょうせつ

村上春樹雖以長篇小說為主要重心，不過也寫了為數不少的短篇小說。他自陳，短篇是在與長篇不同的意識下寫成。

「長篇在寫的過程，可以確認自己一點一點在逐漸改變。但是，短篇卻不能，必須拉著開始時候的自己，走到最後。還有，寫短篇不太有提出一個完整世界的感覺，而是覺得在裁剪世界。然而，裁剪得再好，終究還是謊言。只不過，若是長篇，就會出現許多自然流露的部分，但是能填補這種部分的短篇，卻令人覺得非常直接，根本沒有填補。因此，事後再重讀短篇集是很痛苦的。」（海）

「最近我寫的短篇，幾乎沒有人褒獎。但是，對我來說，卻是自然地想寫這類東西。對我而言，短篇乃是寫長篇的步驟（step），因此，並不會去想其本身如何如何。這陣子的一連串短篇，歸根結柢都是文體。我覺得這是在累積抽取自己裡面東西所需的文體之階段。」（《村上春樹book》）

《開往中國的慢船》

た「中国行きのスロウ・ボート」
ちゅうごくいきのすろう・ぼーと

一九八三年出版，中央公論社，文庫版於一九八五年發行，中央公庫。本書乃村上春樹的處女短篇集，中譯本由時報出版社於一九九八年出版，賴明珠譯。

本書依年代先後順序，收錄了由一九八〇年春到一九八二年夏，在《新潮》、*SUBARU*等雜誌上發表的七篇短篇。

作為書名的〈開往中國的慢船〉，乃描述與三個中國人相遇的作品。

第一個是，小學時候擔任模擬考試監考官的中國人老師。第二個是，大學時候，在打工地方認識的沈默寡言的女大學生。第三個則是高中時候認識的中國人，後來再度相逢，專門向中國人推銷百科全書的推銷員。

無處可去的「我」，雖然醒悟地理上的中國，並非為自己而存在的地方，但是，卻讓思緒馳騁於過去悲苦的相遇，靜靜地懷抱對新世界的期待。

對於寫作短篇的理由，春樹在當時的對談中如此陳述：「只是想把我體內的力量，關在某個地方。」

《沒有用處的風景》

た「使い道のない風景」つかいみちのないふうけい

一九九四年出版，為朝日出版社Roman Book Collection 系列的第二冊。村上春樹考察旅行的隨筆和稻越功一的攝影交織，創造出美好的世界。

這七年左右，春樹遠離日本，到各處「流浪」。但是，那並非「旅行」，而是「從一個地方換到另一個地方住」，他如此定義。

所謂「從一個地方換到另一個地方住」，並不是用過客的心態去感受風景，而是帶著「如果喜歡，今後也許會一直住在這裡」這樣「涉入」的感覺，和風景「進行現實上的妥協」。

像這樣子度過的土地，將會和自己產生密切關係，而「這樣的風景會確實融入我裡面」。

對於到目前為止七部長篇小說都在各個不同地方寫作的春樹而言，各個小說和風景的組合，是有其獨特意義的。

但是，除了像這種「按時間順序」（chronological）式的風景之外，旅行經過時接觸到的各式風景，應該也會被鎖進個人內心的抽屜。

春樹將這個取名為「沒有用處的風景」。

對他而言，從德國小旅館窗戶看到的運河風景，也是如此。他雖然照了相，想從描寫那個房間開始，展開一個故事，卻做不到。

那個風景本身沒有地方可用。

然而，從結果上來說，「那個行為變成導火線」，他興起想要描繪一個迴然不同的風景的念頭。據他說，這樣子完成的作品即小說《世界末日與冷酷異境》。而現實也是，妖怪在地鐵暗處蠢蠢欲動的世界與像夢般靜謐的世界。

た 疏離

デタッチメント

でたっちめんと

沒有互動。村上春樹早期的主題之一乃「疏離」。《聽風的歌》、《1973年的彈珠玩具》、《尋羊冒險記》等早期三部作品，這種色彩尤其濃厚。

而歷經在國外生活的經驗之後，與「疏離」相反的「涉入」，終於逐漸成為他重要的主題。

「成為小說家的初期，我之所以會把主要重心放在疏離性的東西上，並非只是單純地想運用像『不存在溝通』（communication）般的文脈，來描繪『涉入的不存在』，我覺得我是有這樣的打算的——亦即我想透過不斷追求個人的疏離的層面，去掉各種外在價值（雖然這在很多部分同時也是一般視為『小說性價值』的東西），然後再用我自己的方式，把目前自己所處的場所逐漸明確化。」

（《村上春樹會見河合隼雄》）

《電視人》

た「TVピープル」てれびぴーぷる

一九九〇年文藝春秋出版，文庫版於一九九三年推出，文春文庫，共收錄六個短篇。

其中，〈電視人〉（原名〈電視人的反擊〉）最初發表於*PAR AVION*（一九八九年六月）、〈飛機——或者他是如何像朗誦詩般自言自語呢〉發表於*YURIIKA*臨時增刊號（一九八九年六月）、〈我們時代的folklore——高度資本主義前史〉發表於*SWITCH*（一九八九年十月號）、〈睡眠〉發表於《文學界》（一九八九年十一月號）。

而〈加納克里特〉、〈殭屍〉則是不曾發表過的新作。

書名〈電視人〉乃描述某個星期日傍晚，「我」獨自一人在房間時，三個電視人入侵的故事。

電視人的身體各部分都比普通人小一號，他們抱著電視在房間出現，然後，二話不說就裝好電視，確認畫面的狀況。

雖然畫面只出現閃爍的白光，他們卻滿意地離開房間。「我」不發一語，一直眺望著那個光景。

因為他們完全無視於「我」的存在，所以「自己也漸漸無法確定自己是否存在於那裡」，以致也不敢發問。

其後，妻子回到家裡。妻子是個一板一眼的人，光是雜誌的擺放位置改變都足以讓她大聲嚷嚷，但是不知道為什麼，對於電視的出現，她卻什麼也沒說。即使打開電視觀賞，她也漠不關心。

隔天，「我」到公司，參加開會。在那裡也目睹搬運大型電視的電視人蹤影。但是，周圍的人卻似乎視而不見，問同事，同事也置若罔聞。

抱著滿腹疑問回到家中，妻子卻沒有回來。一打開電視，一個電視人即從畫面出來說道：「我們正在做飛機。」

但是，那東西活像巨大的榨汁機，怎麼也不像飛機，然而他卻堅持那是飛機。「我」最後只好任由他去、放棄爭辯，然後電視人卻對「我」宣布說「你太太不會回來喲」。他說：「已經不行了，所以她不會回來。」

「我」精疲力竭、摸不著頭緒，卻逐漸覺得他們做的東西像是飛機，對妻子也許已經不會回來一事，也完全接受。

然後，當「我」突然回過神時，卻發現自己的手掌看起來似乎比平常小。

這雖是個感覺很奇妙的故事，卻也是個令人感受到真實恐怖的作品。

《加納克里特》是一篇非常短的短篇。克里特的姊姊馬爾他從事聽水聲的工作。她在馬爾他島學得了傾聽人體裡面水聲的技術。

妹妹克里特抱有「不知道為什麼所有男人都想侵犯她」的問題。男人只要看到克里特，就一定想把她壓在身體下面。光是用長得漂亮、身材很好，並不足以說明這個問題。

克里特曾經殺害一個想侵犯她的男人。正確地說應該是，姊姊割斷了男人的喉嚨。後來，開始有個喉嚨一張一合的幽靈出現，只是過不久也就習以為常。

然而，有一天，克里特卻被一個龐大的男人所侵犯，男人用刀子割破她的喉嚨。克里特聽到自己身體發出「勒囉噗、勒囉噗、嘰囉噗」的水聲。

這篇作品裡面的加納馬爾他、加納克里特姐妹，在長篇小說《發條鳥年代記》中，也是重要的登場人物。

每篇作品都發生莫名的事，讓讀者感到毛骨悚然、不可反抗的恐怖。這是一部和春樹目前為止的作品群大異其趣、開拓新境地的作品集。

《遙遠的太鼓》

た「遠い太鼓」とおいたいこ

一九九〇年講談社出版，描述一九八六年秋到一九八九年秋旅居希臘、義大利時的生活的新遊記。

村上春樹把自己這種既不同於看完名勝古蹟即離去的觀光客，也不同於紮根當地永久居住的居民之立場，稱為「長駐型旅行者」。

對於在異國的日常生活，則「把用自己眼睛看見的東西，描繪成用自己眼睛看見的樣子」，而那個「素描的集結」即這部作品。

他在一開頭即敘述了展開旅程的契機。就在四十歲這個分水嶺即將逼近之際，「總覺得如果留在日本，將會在為日常忙碌的生活中，庸庸碌碌、沒有高低起伏地徒增年歲。而這樣度日的過程中，似乎有什麼將會逝而不返」。

就在這個時候，「有天早晨醒來，突然側耳傾聽時，從遙遠的地方傳來太鼓的聲響」。然後，即興起一股無論如何都想展開長期旅行的念頭。

然後，旅程結束，他有了這樣的領悟。

「人在國外的確會再次驗證『世界很大』的感受。但是，與此同時的是，『文京區也很大』這樣的觀點也確實存在。」而「正因為這種微觀和宏觀的觀點同時並存在一個人的心中，因此才可能抱有更正確、更豐富的世界觀。」

春樹在這個時期寫作了《挪威的森林》和《舞・舞・舞》兩部長篇小說，而從本書將可一窺隱藏在其背景下的他的「精神性重組」模樣。

此外，本書也包括在不合時令的愛琴海島嶼上生活、羅馬的小偷情事等讀來有趣的豐富插曲。

圖書館的女孩

た 図書館の女の子 としょかんのおんなのこ

《世界末日與冷酷異境》的登場人物。在「冷酷異境」與「世界末日」兩個世界中，分別以不同的姿態出現。

在「冷酷異境」中，她是主人翁「我」前去查獨角獸相關資料的圖書館館員。雖已二十九歲，但怎麼看都像只有二十二、二十三歲。胃擴張、吃大量的食物，卻苗條美麗。

丈夫在巴士內遭毆打致死，成為未亡人。

因著把書送到「我」家的契機，而和「我」關係日漸親密，最終則讓「我」的心逐漸趨於安穩平靜。

另方面，在「世界末日」登場的女孩，則在圖書館負責協助主人翁「我」

從獨角獸頭骨讀夢的工作。她四歲的時候，即被迫和「影子」剝離，生活在街裡面。

「我」逐漸為她所吸引，並不斷試著想把她失去的心取回。藉由獲得手風琴、回想起歌曲的方式，「我」終於可以確認她的心確實存在，並決定不回到現實的世界，要和她一起在森林中生活。

な 直子 直子 なおこ

《挪威的森林》的登場人物。雖與主人翁「我」關係親密，卻進入精神療養設施，最後選擇死亡。

直子一直和一個三歲時就玩在一起，名叫Kizuki的男孩交往。

高中時代，「我」和Kizuki是莫逆之交，「我」經常和Kizuki、直子三個人一起遊玩。但是，**Kizuki**卻自殺了。然後，大約經過一年之後，上了大學的直子和「我」在電車中再次相逢。

接著，開始一次又一次地見面約會。直子非常纖細，懷抱著如果不奮力振作就會變得四分五裂的軟弱。雖也曾想藉著和「我」的相識，描繪亮麗的未來，但是直子對各種事情都看得過分透徹清晰了。

她沒告訴「我」一聲，就逕自休學，進入精神療養設施，並和那裡的室友玲子姐成為無話不談的好友，也偶爾和「我」會面，有陣子疾病雖有好轉的跡象，最後卻選擇死亡。

直子這個名字在《1973年的彈珠玩具》、短篇〈螢火蟲〉裡面都曾出現。雖然在《1973年的彈珠玩具》中只是驚鴻一瞥，卻散發出「是個已經死去的女孩，想遺忘卻忘不了的存在」的氣氛。

無法與自己好好相處、選擇死亡的女孩——這樣的主題應該是春樹開始著手寫小說，或者恐怕更早以前就存在，其可說是足以和「井」媲美的符碼

（item）。

な 納姿梅格／西那蒙

ナツメグ／シナモン
なつめぐ／しなもん

從《發條鳥年代記》第二部開始登場的人物。納姿梅格在新宿高樓矗立的街道上和主人翁岡田亨相遇。

納姿梅格年幼時，即和在滿州國新京當獸醫的父親分離，在困苦中長大。成人後，她成為服裝設計師，發揮洋溢的才華，但是卻遭逢丈夫以離奇的方式被殺害的事件。

自此之後，她即以上流階級的人們為對象，進行心靈治療。就在感受到自己的極限之際，和主人翁岡田亨相遇，並運用他繼續進行治療行為。

西那蒙是納姿梅格的兒子。

滿六歲以前，在深夜時聽到發條鳥的聲音，目擊不可思議的事件。於是，從隔天開始，他變得完全不能夠再說話。

他創作了「發條鳥年代記」的故事，擁有複雜的自己的世界。頭腦聰明，是岡田亨的得力幫手。

《沒有名字的人》

な 「名前のない人」 なまえのないひと

一九八九年河出書房新社出版，繪本，C・V・歐滋柏格著，村上春樹譯。原著為*The Stranger*（Houghton Mifflin Company, 1986）。

村上春樹共翻譯了九本歐滋柏格的繪本，本書為其中的第三本。

時序即將由夏轉秋的某天，農民貝利開車撞到一個男人，送醫診治時，醫生說男人已喪失記憶。

身著奇異服裝，對兔子和雁懷有親近感的「沒有名字的人」。雖然他連扣鈕扣、喝湯的方法都不知道，嘴巴也不會說話，但是，卻逐漸和貝利一家融為一體。

然而，有一天，當他站在山丘上時，卻站也不是、坐也不是地感到焦慮不安。原來山丘北邊的樹葉都已轉成紅色了，但是南邊卻還維持著綠色。他於是展開旅程，逐一改變樹葉的顏色。

村上春樹指出，這是一部「漫步在幻想與現實的夾縫中，描繪出神祕自然心靈」的作品。

《波之繪、波之話》

な「波の絵、波の話」なみのえ、なみのはなし

一九八四年出版，文藝春秋，本書乃稻越功一的攝影和村上春樹的文章搭

配組合而成的作品。

收錄的照片共計二十九張，包括曼哈頓、里約熱內盧、歐胡島（Oahu）等地優美靜謐的波間風景，以及裝著萊姆蘇打的冰涼玻璃杯等。

文章的部分則除了Doors的〈照月光般〉、**Jim Web**的〈我抵達費尼克斯的時候〉之外，還包括七首歌曲的日文翻譯、〈我對1973年的彈珠玩具說嗨〉、〈地下鐵丸之內線餐廳指南〉等六篇隨筆，以及瑞蒙．卡佛的短篇"**Viewfinder**"的譯作。

其中，隨筆〈1980年的超級市場式生活〉則以「為了在東京生存，我們理所當然必須被迫過著超級市場式的生活」為開場白展開。

不管是晚餐、睡眠、下雨、歡喜、悲傷，環繞我們的所有一切都是超級市場式的。

「在超級市場式的雨中，誰也不會主動為我們撐來雨傘。即便如此，我們還是可以認為，被雨淋溼並不是那麼悲慘的事。只要心中有些許的愛情和體貼…

……。」

對，不一定要認定是壞事。只是，「我們究竟要往何處去呢？那個答案在超級市場式的迷宮中看不到。」

這是一篇把對生活的異和感，作淡漠描繪的作品。

這是一本涵蓋照片、隨筆、翻譯、歌曲等各種要素，再用匠心獨具的風格貫穿整體的作品。

日本人

な 日本人 にほんじん

村上春樹表示，自己幾乎不讀日本小說，而是讀英文平裝書長大的。加上對日本的文壇也感到厭煩，因此有許多長篇小說是在國外寫作。

這樣的他從長久在國外生活的過程中，漸漸地開始意識到身為「日本人」

的事實。

「在日本時，自己是日本人的認識或確認（identification），幾乎在所有的局面都是不必要的，但是，一旦在國外生活，不管願意或不願意，都會被提出來。如果沒有日本是什麼、日本人是什麼這樣的自我定義，將會變得無法順當地作自己。即便再怎麼認為我是獨立的個體、和日本的文學沒什麼關聯地生存著，也還是必須每天清清楚楚地面對自己是日本作家、用日語寫作小說等客觀的事實。」（《給年輕讀者的短篇小說介紹》）

而那個對「日本是什麼」、「日本社會是什麼」所作的反覆思考的一個成果，即《地下鐵事件》。

即使未來寫作在國外進行，這個主題也不會改變。

「我是日本作家，因此應該寫日本的事，這是我內心一貫不變的想法。」

（《未來的作家們》）

《核子時代》

な「ニュークリア・エイジ」にゅーくりあ・えいじ

一九八九年出版，文藝春秋，Tim O'Brien著，村上春樹譯，原著為*The Nuclear Age*。

本書為作者第四部長篇小說。卷末附有譯者為說明當時時代背景而作的詳細語句解說。

本作品以冷戰時代的美國社會為背景，描述生長於核子時代的主人翁威廉從少年時期到成家立業的過程。

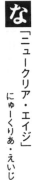

能把核子戰爭當成現實來思考的少年，經常陷入恐怖中，深受其苦。

青年期投身反戰運動，並與一位女性相逢，但是女性也是一個被什麼纏住的人。女性死後，故事環繞著量子力學和相對論、詩人妻子芭比，逐漸回到

「洞穴」。

春樹在後記中寫著，「想稱這本小說為『現代的綜合小說』」。在多樣化的世界裡，小說必須集中在某個受局限的重點上，但是，這部小說卻力圖描繪所有「心的樣貌」。

な 貓

猫　ねこ

村上春樹是個愛貓族，在他的小說和隨筆中，貓也經常登場。繪本《輕飄飄》是以從前飼養的貓為模特兒寫成的故事，而《飛天貓》系列也是在看到貓的畫的當下，決定著手翻譯的。

「回想起來，這十五年裡，家裡沒半隻貓的時期，大概只有短短兩個月左右。」（《村上朝日堂的反擊》）

「我這八年來因為一直在國外過著居無定所、形同流浪的生活，以致無法好好定下來養自己的貓，往往只能藉著寵愛附近的貓，勉強滿足激烈的『貓饑渴』狀態。」（《漩渦貓的發現法》）

「貓有『中獎』和『落空』兩種，就跟手錶一樣。只有這個是要養養看才會知道的。……碰到『中獎』貓的機率到底有多高呢？根據我長久的養貓經驗，我覺得機率大概是每三、五隻到四隻，大約會有一隻『中獎』。」（《村上朝日堂》）

な

《發條鳥年代記》

「ねじまき鳥クロニクル」

ねじまきどりくろにくる

一九九四至一九九五年出版，新潮社。本書係由第一部〈鵲賊篇〉、第二部〈預言鳥篇〉、第三部〈刺鳥人篇〉等三部分構成的長篇小說。其中，第

一、二部於一九九四年四月、第三部於一九九五年八月出版。為讀賣文學獎的得獎作品。

中譯本分別於一九九五年九月（第一、二部）、一九九七年二月（第三部）由時報出版公司出版，賴明珠譯。

第一部〈鵲賊篇〉。故事從一通打到「我」家中的奇怪電話開場。位於世田谷的家，最先是貓失蹤。而就在找貓的過程中，「我」發現某個空房子的古井，接著即陸續和許多不可思議的人相遇。

妻子久美子出生在一個向來重視占卜、風水的家庭。因著這個關係，「我」突然接到一位名叫加納馬爾他——擁有特異能力的女性打來的電話。

加納馬爾他竟巧合地和以前同樣因為久美子家裡的關係而認識的本田老先生，說出相同的「水」一詞。

第二部〈預言鳥篇〉。事情漸漸往更複雜、更深入的部分發展。妻子久美子失蹤，久美子的哥哥綿谷昇和加納馬爾他則告知「我」，久美子外面有其他男人。

由本田老先生引介的本田老先生的戰友「間宮中尉」，在井底失去了人生。「我」爬進空屋的井底，思考和久美子的事。到底有什麼不對勁呢？不久，「我」下降到另一個世界。

間宮中尉的信、加納克里特的告白、突然襲擊而來的提著吉他盒的男人，還有謎一樣的女人。「我」集中意識，力圖迫近核心。

「我似乎遺漏了什麼」。

第三部〈刺鳥人篇〉。我在新宿高樓矗立的街道上，遇見一位謎樣的女性。她自稱納姿梅格。拜納姿梅格之賜而得以獲得空屋古井的「我」，一步一步地接近久美子，以及綿谷昇的所在地。

納姿梅格的兒子西那蒙也是聽過「發條鳥」叫聲的人之一。在西那蒙所創造的故事「發條鳥年代記」中，描述了他在滿州國的祖父。

間宮中尉、綿谷昇的伯父也同樣和滿州國有所關聯。所有發生的事都複雜地相互牽連著。在西那蒙的協助下，「我」終於得以抵達久美子的所在地。在黑暗的世界裡，「我」幫助久美子從綿谷昇的控制下獲得解放。然後，宅院的井恢復出水，詛咒受到粉碎。

老鼠

な 鼠 ねずみ

《聽風的歌》、《1973年的彈珠玩具》、《尋羊冒險記》、《舞・舞・舞》的登場人物。在《舞・舞・舞》僅出現在「我」回憶的場景中。

老鼠是主人翁「我」的朋友，也可說是「我」的分身。

在《聽風的歌》中，「老鼠」在故鄉過著無聊的日子，經常和「我」在傑氏酒吧喝啤酒。生長在有錢人家，「有錢人，全都是狗屎」是他的口頭禪。根本不看書，卻突然說要寫小說。原本要讓「我」和自己的女友見面，卻又臨時改變主意。當夏天結束，「我」回到東京，「老鼠」則被留下。

在《1973年的彈珠玩具》中，「老鼠」大學退學，住在故鄉父親買的大廈公寓中生活。雖然有了女朋友，無力感卻未曾消失，最後和女人分手，離開故鄉。

《尋羊冒險記》中的「老鼠」則寄來北海道羊的照片給「我」。因著這個契機，「我」開始展開冒險，「我」雖追逐「老鼠」之後，「老鼠」卻沒有出現。

故事的最後，在牧場旁邊家中上吊自殺的「老鼠」的幽靈出現，和「我」談話。

「我喜歡我的軟弱」，「老鼠」這樣說道。

《挪威的森林》

な

「ノルウェイの森」 のるうぇいのもり

一九八七年出版，講談社，文庫版於一九九一年發行，講談社文庫。本書是上、下兩冊共計銷售四百三十萬本以上的暢銷書，同時也可說是讓村上春樹之名滲透到社會各角落的作品。本書以短篇小說〈螢火蟲〉為基礎，在希臘、義大利花費一年多時間寫成。

中譯本曾有多種版本，不過早期多為盜版且多已消失。目前通行的版本由時報出版公司於一九九七年六月出版，賴明珠譯。

載著現年三十七歲的「我」的飛機，正要降落漢堡機場。在機內傳來的披頭四「挪威的森林」歌曲引導下，「我」的思緒回到十八年前的記憶，故事從回想直子的場景開始，逐步展開。

舞台的開場是一九六八年的東京。「我」偶然在電車中和直子再度相逢，並開始一次又一次地頻繁約會。直子是「我」高中時代的好友、已自殺的**Kizuki**的戀人。直子二十歲生日那晚，「我」和直子結合，但是那之後，直子即失去行蹤。

從後來直子寫來的信中，「我」才知道直子進入京都的精神療養設施。在那之後不久，「我」和一個修同一門課、短髮、個性活潑的女孩「綠」相識。「我」與直子、「我」與綠，這兩種關係就這樣平行進行著。精神上有問題、安靜度日的直子；與直子完全相反、朝氣蓬勃又健全的綠。靜謐、溫柔、澄澈的愛情；走動、呼吸、鼓動的愛情。

「我」雖然努力想做到誠實正直、避免傷害任何人，卻無法壓抑逐漸為綠所吸引的感覺。

就在這時候，直子在森林內上吊自殺。「我」感到自己無從推卸的責任，漫無目的的徬徨徘徊。最後的場景則是，在電話亭裡打電話給綠，說「一切的一切都想和你兩個人從頭開始」。

但是，對於綠「你，現在在哪裡？」的詢問，「我」卻無法回答，只是從一個哪裡也不是的地方的正中央，持續呼喚著綠。

在處女作《聽風的歌》中，村上春樹打出不寫性和死亡的方針，但是，本作品則是刻意要把性和死亡「一寫再寫，寫到令人厭煩的地步」。

再者，這個故事除了主要的三個登場人物之外，宿舍的學長永澤兄；永澤的戀人、後來自殺身亡的初美姐；直子在療養院的室友、同時也和「我」有親密關係的玲子姐等人，也相繼登場，並在各個場景中扮演重要的角色。

此外，在單行本的書衣上，雖然打著春樹自己撰文的文案「百分百的戀愛小說」旗號，但是，他表示，這只是單純的文案，絕不是在戀愛小說的設定下，寫作本書。他還說，其實他本想寫「百分百的村上春樹的寫實主義小說」，但是如果這麼寫誰也不會想看，所以才另找取代方案。

Nonfiction

な ノンフィクション
のんふぃくしょん

身為小說家的村上春樹，寫作長篇小說、短篇小說，同時也利用空檔寫隨筆、翻譯其他作家的作品。但是，他卻在一九九七年和一九九八年分別推出《地下鐵事件》、《在約定的地方》等兩部與地下鐵沙林事件有關的Nonfiction。

對於小說家寫Nonfiction的理由，春樹如此說明。

「最大的理由是，因為想要瞭解『某個事件』的意義。為了達成這個目標，就覺得唯有自己試著寫文章看看，而為了寫文章就唯有調查事實，於是就會覺得既然要做還是應徹底做好。另一個理由是，因為我想更深入瞭解日本和日本人。為了這個目標，我希望和更多人見面，並且就一個主題，傾聽他們的談話。」

「也有那麼一點希望藉聽取大量的他人的談話，使自己在某種意義上受到撫慰的心情。」

「很想試著讓『自己敘述的故事』這個層面和『他人敘述的故事』這個層面接近。」

「我有強烈的想再度檢視事實或現實等東西的感覺，也存有希望能藉此發揮一點用處的期盼，因為藉此多少可以逐漸和社會結合（commit）。」（《村上春樹會見河合隼雄》）

《再訪巴比倫 The Scott Fitzgerald Book 2》

は 「バビロンに帰る　ザ・スコット・フィッツジェラルド・ブック2」

ばびろんにかえる　ざ・すこっと・ふぃっつじぇらるど・ぶっく2

一九九六年出版，中央公論社，史考特・費滋傑羅著，村上春樹譯。本書共收錄“Jelly Bean”、〈雕花玻璃盆〉、〈結婚宴會〉、〈再訪巴比倫〉、〈新綠〉

等五個短篇及春樹的隨筆〈史考特・費滋羅傑的幻影～亞修維拉，1935〉。

作為書名的〈再訪巴比倫〉乃是，把人生曾一度失敗的主人翁力圖重新來過、恢復穩健生活的模樣，透過和在巴黎生活、分開許久的女兒再會的數天，加以描繪的纖細作品。

在各短篇的後面也附有簡短的感想，而在〈再訪巴比倫〉的感想中，春樹表示，「毋庸置疑的，這是費滋羅傑A^+的傑作」。

隨筆則是造訪亞修維拉的春樹，就費滋羅傑的人生及其本身所作的探討與整理。

《哈里斯・柏狄克之謎》

は 「ハリス・バーディックの謎」

はりす・ばーでぃっくのなぞ

一九九〇年河出書房新社出版，繪本，C・V・歐滋柏格著，村上春樹譯。

原著為*The Mysteries of Harris Burdick*（Houghton Mifflin Company，1984）。

村上春樹共翻譯九本歐滋柏格的繪本，本書為其中的第五本。

謎樣的人物哈里斯．柏狄克帶著十四張畫前往繪本公司。

原本約定翌日要送來附在畫作上的故事，但是哈里斯卻沒有出現。直到今天，仍沒人知道他是誰、發生了什麼事，一切都包裹在謎團中。

十四張畫僅附有標題和簡單的說明文。即使沒有文章，畫依然串連成故事。其他就任憑讀者自行想像。

就這樣子，本書成為「地毯下」、「未受邀請的客人」等十四張畫並列的、不可思議的黑白作品。

《麵包店再襲擊》

は 「パン屋再襲撃」 ぱんやさいしゅうげき

一九八六年文藝春秋出版，文庫版於一九八九年推出，文春文庫。本書共收錄〈麵包店再襲擊〉、〈象的消失〉、〈家務事〉、〈雙胞胎與沈沒的大陸〉、〈羅馬帝國的瓦解·一八八一年群起反抗的印第安人·希特勒入侵波蘭·以及強風世界〉、〈發條鳥與星期二的女人們〉等六個短篇。

中譯本由時報出版公司於一九九九年八月出版，張致斌譯。

〈雙胞胎與沈沒的大陸〉開場是，在《1973年的彈珠玩具》中登場、失去了穿著上面印有「208」、「209」號碼運動衫的雙胞胎的「我」，半年後在雜誌上發現她們在迪斯可舞廳盛裝打扮的照片。

其後，與〈發條鳥年代記〉中的重要人物笠原May同名的人物，在這個短篇中，以在牙科掛號處打工的女孩的身分登場。

「我」雖藉著和May談話排遣心情，但是一和她分手，即又再次想起雙胞胎的事。

雖然買女人，對女人說自己常夢到雙胞胎的事，但是失去的東西終究不復返。「我」領悟到，必須讓自己逐漸習慣沒有雙胞胎的新世界。

〈發條鳥與星期二的女人們〉則是後來推出的長篇小說《發條鳥年代記》第一部的原型，在這個作品中，失蹤的貓不叫「綿谷昇」，而是叫「渡邊昇」。

在這本短篇集裡面，「渡邊昇」另外還在許多作品中登場。有時是照顧大象的飼養員，有時是妹妹的未婚夫，甚至也以翻譯社共同經營者的角色出場。

而據說這個「渡邊昇」，事實上是常為村上春樹畫插畫的安西水丸的真名。

は

《日出國的工廠》

「日出る国の工場」
ひいずるくにのこうじょう

一九八七年出版，平凡社，文庫版於一九九〇年由新潮文庫發行，插畫／安西水丸。本書乃整理採訪日本國內七個工廠的記錄而成。所有的採訪都在一九八六年進行。而採訪的七個工廠分別是人體標本工廠、結婚會場、橡皮擦工廠、酪農工廠、Com・De・Garson工廠、CD工廠、亞德蘭斯（假髮）工廠。

說來奇怪，為什麼結婚會場會是「工廠」呢？

春樹說，雖然不是放在帶式輸送機上，生產有形的什麼，但是，若從其不斷依序送出組數眾多的新郎新娘的結構來看，結婚會場應該也可歸到「工廠」的類別。

換言之，原料是名為新郎新娘的一對男女，「而機械性的推動力則是專業的經驗與熟練的服務、核心附加價值是感動、而支撐其需求的則是社會一般的『常規、常識、習慣』」。

村上春樹舉具體的實例——亦即藉著有趣好笑地持續追蹤一對男女和結婚諮詢員之間的對話，讓讀者同意「哎，結婚會場真的是工廠吔！」的說法。

此外，亞德蘭斯工廠及亞德蘭斯總公司的採訪成果，其後在小說《發條鳥年代記》中受到充分運用。

主人翁岡田亨在鄰居女孩笠原May的帶領下，協助她替假髮公司打工，以及笠原May在深山內的假髮工廠工作等部分，充滿了許多與假髮相關的詳細知識、趣聞等。

例如，年輕女孩用手縫入毛髮、那個房間的背景音樂因時間的不同而播放流行樂曲或播放演歌、日本全國各地都有以假髮使用者為對象的專門個室理容室等等。

由於採訪對象「淨挑那些有意『凸顯目前日本工廠的平均樣貌』的人，可能不會選擇的業種工廠」，因而使得本書成為一本風格獨具的工廠探險集。

波得貓

は ピーター・キャット
ぴーたー・きゃっと

村上春樹以前經營的爵士咖啡廳的店名。據他說，這個店名乃取自於住三鷹時飼養的貓的名字。

村上春樹在結婚的翌年——一九七四年，於國分寺開始經營爵士咖啡廳「彼得貓」。資本為夫妻打工存下的兩百五十萬日圓，以及向父母、銀行借貸的金額，共計五百萬日圓。

對於開店的契機，他做了如下的說明：「即便是個小店也無妨，我很想獨自一人做個好工作。亦即可以親手挑選材料、親手做東西、親手把做的東西提供給客人的工作。然而，最後我能做的，充其量也只是爵士咖啡廳罷了。總

之，我實在喜歡爵士樂，很想做點多少跟爵士樂有關的工作。」（《村上朝日堂》）

「雖說是爵士咖啡廳，倒也沒那麼嚴肅，而是也可以輕鬆喝個酒的店。自己說好像有點老王賣瓜，不過那在當時來講，算是還不壞的店。」（《村上朝日堂是如何地被鍛鍊》）

其後遷移到千駄谷，開始一邊開店、一邊寫小說。

然後，一九八一年關掉店。

「相較於當作家到底能不能維生的顧慮，毋寧說就是一心想把店停掉。當時心想，如果真維持不下去，只要再開店就行了。總之，那時只想離開東京，暫時休息，專心寫作。」（《村上春樹book》）

於是他就舉家遷到千葉縣習志野市，全心投入寫作工作。

羊男

は

羊男 ひつじおとこ

《尋羊冒險記》、《舞・舞・舞》、《羊男的聖誕節》的登場人物。矮小、駝背、腳彎曲，從頭到腳套著一件羊毛皮，頭部甚至還附著兩個耳朵。據他說，他是因為不想去打仗才躲起來生活。

在《尋羊冒險記》中，他一直到故事的最後，才第一次現身。在牧場邊的房子出現，和「我」談話。中途「我」才發現，事實上躲在羊毛皮裡面的是「老鼠」。

在《舞・舞・舞》中，「我」在海豚飯店的異次元空間裡和「羊男」再次碰面。「羊男」說，自己的工作是把「我」已經失去的東西和尚未失去的東西聯繫在一起。

《羊男的聖誕節》則是一部描述「羊男」掉落洞底，在那裡碰見一個個奇特人物的美麗快樂童話故事。

《羊男的聖誕節》

は 「羊男のクリスマス」 ひつじおとこのくりすます

一九八五年講談社出版，文庫版於一九八九年發行，講談社文庫，繪本，圖／佐佐木馬其。

羊男受託為撫慰逝世兩千五百年的聖羊上人的音樂作曲，並在聖誕節演奏。但是，寄宿的房東太太卻不許他彈鋼琴，於是不管經過多久，他還是連一節都無法譜成。

當他和路過公園的羊博士商量時，羊博士告訴他，無法作曲並非房東太太的關係，而是因為受了詛咒的緣故。

原來，據說聖誕夜同時也是聖羊上人半夜掉落洞穴死亡的日子，因此有規定是，那天不可以吃有洞的食物。羊男因為不知道這個規定吃了甜甜圈，所以才不能作曲。

為了解除詛咒，羊男必須遵照羊博士傳授的方法進行。這個方法是，挖一個深兩公尺三公分的洞穴，再帶著沒有打洞的食物，於聖誕夜凌晨一點十六分時，掉到洞穴內。

羊男於是帶著扭旋狀的甜甜圈掉到洞穴裡面，但是那卻是個不只兩公尺的深洞。在那裡，他遇見了「愛彆扭」、穿著印有「208」、「209」號碼運動衫的雙胞胎女孩、海鳥的太太。

最後，羊男在「什麼也不是」的指示下，跳進泉水裡，碰到聖羊上人。

聖羊上人說：「我有東西要給你看」，一開門，等在那裡的是「聖誕快樂！」的歡呼聲。「愛彆扭」、「雙胞胎女孩」、「海鳥」、「什麼也不是」，甚至連羊博士都在場，大家開始舉行宴會。

原來羊男被設計、被大家開了一個玩笑。羊男雖然生氣，卻漸漸覺得有趣，於是又彈鋼琴、又吃蛋糕。聖羊上人為他做了「願羊男世界永遠和平幸福」的禱告。

隔天早晨，羊男張開眼睛。昨晚發生的事像做夢，卻不是夢。證據是，信箱裡面放著一張寫著「願羊男世界永遠和平幸福」的明信片。

在村上春樹「什麼題材都好，就是先畫些畫」的請託下，佐佐木馬其遂畫了「在燈塔附近睡覺的鯨魚的畫、等身大的泰迪熊和女孩在嬉戲的畫」寄給他，而從這兩張畫衍生而成的，即是這本繪本的故事。

《尋羊冒險記》

は「羊をめぐる冒険」ひつじをめぐるぼうけん

一九八二年出版，講談社，本書榮獲野間文藝新人獎，係繼《聽風的歌》、《1973年的彈珠玩具》之後，村上春樹初期三部作品中的最後一部。相對於前兩部為中篇小說，本書則是分量相當於四百字稿紙八百頁，首部真正的長篇小說。

這也是村上春樹收掉以前經營的爵士樂咖啡廳，在千葉縣習志野市每天不斷埋頭苦寫，耗時四個月完成的作品。

中譯本由時報出版公司於一九九五年八月出版，賴明珠譯。

故事從「我」學生時代認識的女孩車禍死亡，前去參加她的葬禮拉開序幕。

那天回到家，已決定離婚的妻子過來拿行李。妻子是因為覺得「即使在一起也去不了哪裡」而出走。

變成孤家寡人的「我」，認識一個擁有奇特預知能力、擔任耳朵模特兒的「女孩」。她預言「從現在開始，尋羊冒險就要開始了」。

「我」和朋友共同經營的廣告代理店，遭受來自右派大人物的施壓，對方威脅「我」告知「我」用在某本雜誌彩色頁的一張照片的出處。那張照片是「老鼠」從北海道寄來、照著羊群的平凡照片。

當「我」拒絕屈服時，右派大人物的秘書即說明羊和「先生」的祕密。秘書說，照片中的羊群裡，有一頭背上有個星形斑紋的羊，自從那隻羊進入「先生」體內以後，「先生」即開始發揮超人的能力。

但是，從大約兩個禮拜以前，「先生」即瀕臨垂死邊緣，因此非得儘快解開羊的祕密不可。然後，秘書大放厥辭地說，「我」如果不願說照片是從哪裡來的，就必須去把那頭羊找來，期限是一個月。

於是，「我」帶著「女孩」前往北海道，尋找那隻背上有星形斑紋的羊。到札幌時住宿「海豚飯店」，並與在裡面一間房間悄悄生活的「羊博士」碰面。

「羊博士」說自己是一九三五年，在滿蒙國境附近被羊進入體內的。那隻羊的背上長著茶色星形的毛。其後，當「羊博士」不再有利用價值時，羊即離開

「羊博士」的身體。

前面提及的照片是在以前「羊博士」擁有的羊牧場拍攝，而有個像是「老鼠」的青年，曾於數個月前造訪「羊博士」，探詢有關那裡的事。

「我」前往牧場。位於牧場一角的別墅雖然留著「老鼠」的衣服和所有物，但是「老鼠」卻不見蹤影。等了幾天後，披著羊毛皮的「羊男」出現。「我」問及「老鼠」的事，他卻避而不答，以致無法得到答案。他說，他已經叫「女孩」回去了。

事實上，「老鼠」已經為了封鎖進入自己體內的羊而自殺了。某個下雪的夜晚，「我」終於和「老鼠」的鬼魂再會。當「我」問他為什麼要和羊一起死時，「老鼠」回答「我喜歡我的軟弱」。

「我」從別墅出來時，秘書已經等候在那裡。他打開始就知道羊進入「老鼠」體內的事。秘書把高額的支票遞給「我」之後，被「老鼠」設計的爆破裝置炸死。「我」前往「傑氏酒吧」，把支票給了傑。

春樹表示，他是在抱著「朝長的內容、說故事，以及需要體力等三個方向發展」的想法下，寫了這部小說。

跟前面兩部作品相較之下，一般的確認為本書「故事節奏進展快速」，而因此感到困惑、或是樂在其中的讀者大概也不在少數吧！

比喻

は 比喩 ひゆ

村上春樹的比喻表現，常被指為獨特。例如，「像春天的熊一樣愛你」、「像村姑被下山的大猩猩攫走般的口吻」等，這些比喻賦予春樹的小說世界獨特的風味。

「比喻這種東西是寫著寫著自然源源不絕出現的。如果太擺出『來吧，要寫比喻了喲』的架式，好像反倒不行。我從不覺得自己擅長比喻，我認為『儘量把各種事情寫得易懂、有真實感』這種對讀的人的體貼心，換言之，應該就會變成比喻的形式出現。所以如果抱著『要讓人讚嘆、讓人佩服』這種本末倒置的動機來寫，總覺得很難浮現好的東西。」（網頁）

他說：「只是言語羅列的作品，並不具說服力，應該用比喻來說服、遊說。拿來對方不曾想像且沒有強迫意味的新鮮比喻，讓對方大吃一驚、加以說服。說得難聽一點就是霸王硬上弓。」（Par Avion）

粉紅色的女孩

は　ピンクの女の子　ぴんくのおんなのこ

《世界末日與冷酷異境》的登場人物。係「冷酷異境」中，把編輯的意識之核組入主人翁「我」腦裡的老博士的孫女，擔任老博士的秘書。

六歲時父母兄弟死於車禍，也沒去上學，由老博士撫養長大。實際年齡只有十七歲，但怎麼看都像二十歲以上。最喜歡粉紅色，不管是套裝、高跟鞋、內衣、長筒雨鞋，全都是粉紅色。

肉感非常好、胖法漂亮。因為老博士「胖女人比較好」的偏好，她遂勉強吃大量食物發胖長肉。

同時她這個角色也具有村上春樹以往作品中不曾出現的人物性格。

她帶「我」到老博士所在的研究室。

此外，老博士遭不明人物襲擊之際，她也前來向「我」求救，並一起在地下的黑暗世界一面躲避「黑鬼」，一面摸索前進。並且鼓勵「我」，表現出果敢的模樣。

雖然有時會給人添麻煩，卻又令人無法討厭的人物。對性非常關心，不斷問「我」性生活相關的問題，而且還拜託「我」如果意識恢復，能與她上床。

也有解釋指出，這個女孩代表了「世界末日」中的「圖書館女孩」的「心」。

《火焰》

は　「ファイアズ（炎）」
ふぁいあず（ほのお）

一九九二年出版，中央公論社，瑞蒙・卡佛著，村上春樹譯。本書共收錄四篇隨筆、卡佛於六〇年代下半至七〇年代之間發表的詩，以及七篇短篇小說。

村上春樹表示，這是一本堪稱「完全卡佛手冊」的內容濃厚的作品，只要有這本書，即可對卡佛有一通盤瞭解。

同時也作為書名的「火焰」乃指，為了成為作家所需的「創造的火焰」。卡佛作為作家的「創造的火焰」，為必須照顧兩個孩子的沈重現實所逐步消磨耗盡。欲求不滿的卡佛，遂對兩個孩子開始產生憎恨。

村上春樹表示，「我非常瞭解他想說的話」。

那是因為從前自己經營爵士樂咖啡廳，有著必須從早做到晚的經驗所致。他說，當時因為只能工作結束後擠出些許時間寫作，無法長時間集中，以致不能創作長篇小說。

此外，本書也收錄了《流過腳下的深河》，這部作品乃促使村上春樹成為卡佛俘虜的契機。

這個故事從主人翁的丈夫決定把發現屍體的事延後一天報告開始，再逐步展開描述夫妻關係變化的模樣。

雙胞胎

は 双子 ふたご

由同一個母親一次生下的兩個孩子。雙生兒。

村上春樹作品中經常出現雙胞胎。在《1973年的彈珠玩具》中，穿著印有

「208」、「209」號碼運動衫的雙胞胎女孩，和「我」一起生活。完全不提從何處來、具有什麼樣的背景，三個人快快樂樂地生活，最後則離去。

在短篇〈雙胞胎與沈沒的大陸〉、《羊男的聖誕節》中，雙胞胎「208」、「209」也出場。

對村上春樹而言，雙胞胎是莫名吸引他的東西之一。

「我喜歡雙胞胎這樣的狀況，喜歡置身於與雙胞胎在一起的假設中的自己。我喜歡她們擁有的靜謐的分裂性，我喜歡她們擁有的目眩神迷的增殖性，她們分裂，同時也增殖。」

「我的夢想是擁有一對雙胞胎女友。兩個雙胞胎女孩都是我同等重要的女友——這是我這十年來的夢想。」（《村上朝日堂嘿嚇！》）

「總覺得如果兩臂各擁一個長相一模一樣的女孩，很多事情都會變得很輕鬆，不過，或許也未必吧。」（《象工廠的Happy End》）

は 兩個世界

二つの世界 ふたつのせかい

村上春樹的小說世界含有「這邊的世界」和「那邊的世界」兩個世界。關於這點，春樹表示：

「《挪威的森林》也有這個。例如，直子所在的京都療養院的世界就是那邊的世界，而綠所在的東京的世界就是這邊的世界——如果簡單區分的話。不過，與此不同的是，我的意識裡面有兩種像是時間性的東西。這邊的時間性和那邊的時間性。具體來講就是，我用來作為小說舞台的六〇年代、七〇年代、八〇年代等有限的現實的時間性，以及超越這類東西的非實際時間的時間性。」

（《YURIIKA》）

「我在《發條鳥年代記》中寫著『現在』必定和過去歷史的黑暗相連接，回想起來，不禁再次重新認識到，我總是一直在嘗試描寫這種黑暗。在《世界末日與冷酷異境》中，自己內面的黑暗也是和東京地下黑鬼的黑暗相連接……。」

（《未來的作家們》）

《輕飄飄》

は「ふわふわ」

ふわふわ

一九九八年出版，講談社，首度出版的繪本，安西水丸繪圖。本書描寫「我」與一隻上了年紀的雌貓「緞通」之間的情感交流。可說是只有村上春樹這種也常在隨筆中提及貓的愛貓作家，才寫得出來的作品。

「緞通」是中國的高級地毯，書中的貓因為毛輕飄飄、軟綿綿、色澤美麗，所以「我」的父親給她取了這個名字。「緞通」是一隻「安靜聰明的貓」。

然後，「我」躺在「緞通」的旁邊，度過午後的一刻。在那裡的時間是和我們平常生活的時間迴異、「另一個特別的時間」。

「我」非常喜歡一邊撫摸貓毛，一邊感受那個特別的「貓的時間」，因此，「全世界的貓裡面，最喜歡上了年紀、體型巨大的貓」。

這是一本喚起從前淡淡哀愁的回憶，適合大人閱讀的繪本。

《邊境、近境》

は 「辺境・近境」 へんきょう・きんきょう

一九九八年出版，新潮社，本書收錄一九九〇年至一九九五年間發表於 *Mother Natures*、*High Fashion* 等五本雜誌上的遊記，以及一九九七年獨自一人徒步到神戶的記錄。其中，神戶篇為首次發表的新作。

中譯本由時報出版社於一九九九年三月出版，賴明珠譯。

探訪的地點除了神戶之外，尚遍及於東漢普頓、山口縣烏鴉島（無人島）、墨西哥、香川、諾門罕、美國大陸等地。

在香川時，連續吃了三天讚岐烏龍麵。而造訪的包括客人自己燙烏龍麵糰再「嘩啦嘩啦」澆上醬油吃的超絕店家等，甚至當地人都不知道的罕見麵店。

這家店令人絕倒到甚至有這樣的插曲：據說從前有客人告訴店老闆「沒蔥了」，結果反被罵道「囉唆，自己不會去後面的田裡摘呀？」至於味道則是「超越所有的疑問和保留，非常美味」，因此相當值得一試。

此外，針對從西宮徒步到神戶而寫的文章，則原本並不打算發表，「可說是為自己而寫的文章」。

春樹在於阪神大地震發生後兩年的時期，造訪故鄉。春樹的老家因為地震變得無法居住而搬到京都去了。因此，聯繫他與阪神間的理所當然的牽絆，已然消失。

他說，因為如此，他才會抱著想要重新確認「故鄉在自己的眼中究竟會顯現出什麼樣子」的想法，及想要親眼看看「地震到底從城鎮奪走了什麼？又留下了什麼？」的心情，走一遭看看。

這一走，除對全盤改變的風景感到感傷外，看到一間間負傷的房子時，則覺得皮膚受到刺扎。然後，他自問「被這塊土地培養出來的所謂我這樣一個人」這個問題。

最後，他做了如下的總結：「我想最重要的是，即使置身於邊境消滅的時代，仍應相信在自己這個人裡面，尚有可製造出邊境的地方。而持續確認這個想法的行動，即是旅行。」

這不是單純記錄「去哪裡了」的遊記，而是一本總是在意識風景與自己的關係下所寫的作品。而這也是只有經歷過定居型、過客型等各種旅行經驗的春樹，才寫得出來的作品。

は《班的夢》

ベンの見た夢

べんのみたゆめ

一九九六年出版，河出書房新社，C·V·歐滋柏格著，村上春樹譯。原著為*Ben's Dream*（Houghton Mifflin Company, 1982）。

村上春樹至今共翻譯了九本歐滋柏格的繪本，本書為其中的第八本。

班和瑪格麗特約好一起玩耍，不過在此之前要先各自回家準備明天的地理考試，於是，他們分手回家。班雖打開地理教科書，想辦法記住全世界的地名，卻被一陣揮之不去的睡意所襲。

於是，班做了一個夢。夢中，自由女神、艾菲爾鐵塔、萬神殿等全球著名的地方，都從家中的窗戶一個接一個盡收眼底，每個名勝都有一半左右沈在水中。

最後，在夢到長著瑪格麗特臉蛋的人面獅身像（Sphinks）叫「班，起來！」時，醒了過來。瑪格麗特已經來到家裡接他，並告訴他自己也做了同樣的夢。

暴力、

は 暴力 ぼうりょく

「暴力」是村上春樹近年探討的主題之一。在《發條鳥年代記》中，他描繪了剝皮的場面和屠殺中國人的場面。

為了寫這部小說，他對諾門罕事件進行詳細的調查研究，並且為「無止境地累積的歷史性暴力」的存在，感到震撼。

在《地下鐵事件》、《在約定的地方》中，他提出地下鐵沙林事件這個在我們日常生活中「蜂擁降臨的狂暴暴力」，並指出我們這邊並沒有可茲對抗的體系。

「日本最大的問題在於，戰爭結束，卻無法把戰爭的壓倒性暴力相對化。大家都變成像是受害者，然後被置換成『我們將不會再犯這個錯誤』這種非常曖昧的言辭，誰也沒有對這種暴力裝置負起內部責任。」「我強烈地覺得，今後暴力的時代會再次來臨。我認為，屆時我們能對其賦予什麼樣的價值觀，將是最大問題。」（《村上春樹會見河合隼雄》）

《爵士群像》

は

「Portrait in Jazz」

ぽーとれーと　いん　じゃず

一九九七年出版，新潮社，本書收錄於一九九六年六月號至一九九七年五月號《藝術新潮》中連載的文章，及首次發表的新作。這是一本以和田誠畫的爵士音樂家肖像配村上春樹的文章之形式，創作而成的作品。

挑選的音樂家從查特・貝克（Chat Baker）到李斯特・楊（Lester

Young），共計二十六位。

中譯本由時報出版社於一九九八年九月出版，賴明珠譯。

誠如春樹本身所說的，「這本書不管怎麼說，徹頭徹尾、完完全全都是根據個人的興趣完成」，透過這部作品，將可深刻感受到他對爵士樂的依戀、執著。同時也正因為他是個愛爵士樂到甚至曾自己經營爵士咖啡廳的爵士癡迷，才能寫出這樣一部作品。

中學時候，他首次接觸在Art Blakey和Jazz Messengers的音樂會上誕生的摩登爵士，嘗到深受吸引的經驗。當時只接觸搖滾樂、音樂程度淺薄的他，因為聽說有名的外國音樂家要來日本，所以只是很虛榮地去參加那個音樂會罷了。

因此，他並不是能理解當天晚上聽到的音樂。雖然如此，他卻感覺到「縱使對現在眼前所聽所見的東西，不太能理解，卻隱藏著對我來說是新的可能性的某種東西」。

當時最強烈吸引他的是「強勁有分量、具挑撥性、神祕，以及……黑」的調子（tone），他懷著被染成黑色的心情回到家。

這本書既有前述春樹本身和爵士樂交流的回憶、音樂家的軼事等，也有令人讚嘆「不愧是爵士樂玩家」的資訊，字裡行間完全透露出他的喜好。

《我打電話的地方》

は「ぼくが電話をかけている場所」
ぼくがでんわをかけているばしょ

一九八三年出版，中央公論社，瑞蒙・卡佛著，村上春樹譯。除了作為書名的作品外，本書尚收錄〈不跳舞嗎?〉、〈我去跟女人們說要外出〉、〈大教堂〉、〈零食袋〉、〈你是醫生嗎?〉、〈流過腳下的深河〉、〈一切都黏著他〉等，共計八篇作品。

到目前為止村上春樹雖翻譯不少卡佛的作品，本書卻相當於其中的首部之作。

〈我打電話的地方〉是個以酒精中毒療養所為背景的故事。主人翁則是照理說應該過著平和生活，卻不知不覺沈溺於酒精中，進而失去家人和生活的人們。故事以從事煙囪清掃工作的JP對「我」敘說過去的場面為中心，逐漸發展。

村上春樹後來翻譯《瑞蒙．卡佛全集》，並對原先的翻譯作全盤性地細部修改。為此，相當於前一版本的本書，目前正暫時停止再版，故不太容易買到。

《螢火蟲》

は 「蛍・納屋を焼く・その他の短編」

ほたる・なやをやく・そのほかのたんぺん

一九八四年出版，新潮社。中譯本《螢火蟲》由時報出版公司於一九九九年八月出版，李友中譯。

本書收錄〈螢火蟲〉（第一次發表於《中央公論》一九八三年一月號）、〈燒掉柴房〉（第一次發表於《新潮》一九八三年一月號）、〈跳舞的小矮人〉（第一次發表於《新潮》一九八四年一月號）、〈隨盲柳入眠的女人〉（第一次發表於《文學界》一九八三年十二月號）、〈三個關於德國的幻想〉（第一次發表於 ***Brutus*** 一九八四年四月十五日號）。

〈螢火蟲〉是一篇短篇，相當於《挪威的森林》的草稿，描繪的內容從「我」和直子在東京碰面，一同度過二十歲生日，到直子留下一封信消失蹤影為止。〈燒掉柴房〉則描寫一個偶然認識的男人，告訴「我」近期內將燒掉柴房的故事。從那天以後，「我」即買來地圖，挑出附近的柴房，並安排可檢查所有柴房的慢跑路線，每天巡視。然而，柴房卻全然沒有被放火燒掉的跡象。「我」開始焦急不安，心情逐漸變成好像自己不燒掉柴房不可……。這是一篇採用 **seek and find** 手法的 mystery touch 佳作。

這些短篇係村上春樹收掉爵士樂咖啡廳、開始專心從事作家活動以來，繼

《尋羊冒險記》、《開往中國的慢船》之後的作品。

整體的筆調、構成、故事性皆有穩定感，有變得較容易讀的感覺。

這也可以說，跟一面經營爵士樂咖啡廳，卻又為內部所湧現的不能不寫的衝動所引導完成的《聽風的歌》等作品相較下，村上春樹已逐漸跨出作為一個職業小說家的一步。

換句話說，他已經從「想寫寫看卻得獎了」的階段，明確地轉移到「靠寫小說維生」的構想，或者說，作為職業小說家的style已經深植在春樹的心中了。

〈螢火蟲〉這篇邁向職業小說家的一步，其後發展為《挪威的森林》，並開拓春樹的新境地，引發大熱賣，這種一致可說不可思議。

《談談眞正的戰爭》

は 「本当の戦争の話をしよう」
ほんとうのせんそうのはなしをしよう

一九九〇年出版，文藝春秋，**Tim O'Brien**著，村上春樹譯。原著名稱為*The Things They Carried*。

本書原是刊登在雜誌上的作品集結而成的短篇集，不過，隨著單行本化，乃進行大幅度的添增、修正，終於變成可以視作一部作品來閱讀。

內容誠如書名所示，乃是與戰爭有關的故事。作者曾實際從軍參加越戰，本書係以其經驗為基礎寫成。

主人翁乃**O'Brien**本人，故事則以主人翁為中心，一面穿插其戰友們的軼事，一面展開。書名〈談談真正的戰爭〉乃敘述在越南的森林裡面，同部隊的年輕人因為誤踩地雷而喪生的故事。**O'Brien**在最後如此敘述：「所謂真正的戰爭故事，並非有關戰爭的故事。絕對不是。」

春樹對O'Brien的評價是「不迎合（commit）任何小說式潮流」的作家，並主動宣稱自己是熱烈的O'Brien迷。

は 被翻譯
翻訳される ほんやくされる

村上春樹的小說被翻譯成各式各樣的語言，並為全世界的人所閱讀。例如，《尋羊冒險記》即在美國、法國、德國、香港、英國、義大利、西班牙、荷蘭、希臘、芬蘭、挪威、台灣、波蘭、丹麥、韓國、澳洲、加拿大、中國大陸、蘇俄等共計十九個國家出版。

對於自己的作品被翻譯這一點，春樹如此敘述著：

「對我而言，自己的作品被轉換為其他語言的喜悅之一，應可說是在於得以用其他形式來重讀自己的作品。如果保持日語的狀態，應該不會重讀的自己的作品，因為經由某人的手置換為其他語言，藉此，將可保持適當的距離回顧、重新檢視，換言之就是站在純第三者的立場，冷靜地享受。」

「我的書被外國的讀者拿在手上，這確實是非常令人高興的事，不過與此同時的，我的書為我自己所閱讀，這對我而言也是相當高興的一件事。」（國際交流）

翻譯

は 翻訳する　ほんやくする

村上春樹以瑞蒙・卡佛、史考特・費滋羅傑為首，翻譯了眾多美國文學。

對於翻譯，春樹如此陳述：

「說起我作翻譯的原因，有相當大一部分是來自於這種心情——也就是因為

我不喜歡說明或辯解自己想作這樣的事，所以想從側面去補足、想翻譯可從側面作補足之類的東西。」（《村上春樹book》）

「在我體內是有只能斷言『翻譯是興趣』的部分。因為畢竟我是一有空閒，就會不由自主地坐在桌子前面，『一時衝動』地做了翻譯。這既不是特別為了生活而做，也不是受誰委託而做。既不是因為懷有『我不做誰做』的強烈使命感而做，也不是為了自己的學習而做。雖然最後的確會成為寶貴的學習，不過這完全是結果論。老實說，正因為我喜歡翻譯這個行為的本身，所以才能像這樣子毫不厭倦地，接二連三不斷翻譯。如果這不叫興趣，那該叫什麼呢……。」（《村上朝日堂是如何地被鍛鍊》）

「做翻譯，常會有自己好像變成透明人，通過文章這個電路，進入他人的心中、腦中這樣的心情。或者說，也許我是對透過文章這種東西和他人持有這種關聯，抱有強烈的興趣也不一定。」（《村上春樹會見河合隼雄》）

My Lost City

ま「マイ・ロスト・シティー」
まい・ろすと・してぃー

一九八一年出版，中央公論社，史考特・費滋羅傑著，村上春樹譯，本書共收錄〈餘燼〉、〈冰宮殿〉、〈悲傷的孔雀〉、〈遺失的三小時〉、〈在酒精中〉、“My Lost City” 等共計五篇短篇和一篇隨筆，以及春樹本身所寫的〈費滋羅傑體驗〉。

隨筆“My Lost City”乃將作者從學生時代到成功、過著放蕩不羈的生活、繼而逐漸失望的人生，和紐約街道之間的關係一起描述的自傳性隨筆。

〈費滋羅傑體驗〉則是整理村上春樹與費滋羅傑的作品相遇或其感受方式等隨筆、把費滋羅傑的人生和其作品重疊之解說等而成。在這裡面，春樹將費滋羅傑歸類為「書讀完，經過幾個月或幾年以後，突然就像揪住後面的頭髮般把讀者拖回去的類型的作家」。

《實現夢想的無花果》

ま 「まさ夢いちじく」 まさゆめいちじく

一九九四年河出書房新社出版，繪本，C・V・歐滋柏格著，村上春樹譯。原著為*The Sweetest Fig*（Houghton Mifflin Company, 1993）。

村上春樹共翻譯了九本歐滋柏格的繪本，本書為其中的第七本。

牙醫師比柏特是個吹毛求疵的傢伙，如果狗「馬賽爾」爬到家具上，他就會破口大罵。帶馬賽爾出去散步時，他也會小心翼翼避免狗毛黏在自己的衣服上，如果馬賽爾站著不動，他就會硬拉著牠前進。

有一天，有個老婆婆前來看牙齒，並且給比柏特一個可以實現所有夢想的無花果來代替醫藥費。比柏特決定利用這個無花果，變成全世界最有錢的人。

沒想到，狗馬賽爾卻趁他不注意的時候，吃下無花果。

隔天，馬賽爾希望變成人類的夢想實現，代之而起的是，比柏特變成一隻狗。

《魔法掃把》

ま 「魔法のホウキ」まほうのほうき

一九九三年河出書房新社出版，繪本，C・V・歐滋柏格著，村上春樹譯。原著為*The Widow's Broom*（Houghton Mifflin Company, 1992）。

村上春樹至今翻譯了九本歐滋柏格的繪本，本書為其中的第六本。

有個巫婆墜落在寡婦明娜・蕭的住家旁邊，由於魔法掃把的效力突然消失，於是巫婆把已經沒用的掃把丟在明娜家就走了。

有天早晨，明娜目睹了掃把自己掃起地板的情景。掃把非常勤勞，在明娜的教導下，不僅會劈柴，甚至學會彈鋼琴，但是附近居民卻覺得這隻掃把非常古怪詭異，於是就用繩子把它綁起來放火燒掉。

沒想到掃把開始以白色的幽靈出現，附近的居民嚇得都逃跑了，然後明娜和掃把又恢復平靜的生活。

ま《水與水交會的地方／深藍色》

「水と水が出会うところ／ウルトラマリン」
みずとみずがであうところ／うるとらまりん

一九九七年出版，中央公論社，瑞蒙・卡佛著，村上春樹譯。這是一本集結卡佛詩作的詩集。

村上春樹把這些詩大別為三類。

第一類是「用像是回溯記憶的形式，敘述往事的詩」。

對於此處所描述的插曲，他做了如下的評論：「那到底有多少部分是真正發生過的事，我們無從得知。不過，所謂作家乃是混合（shuffle）『事實』與『真實』的人，從這裡作家心靈層面的真實才會浮現。」

第二類是「日常生活的素描」，第三類是「旅遊雜記」、「釣魚、打獵雜記」。

對於「卡佛同時並進地寫作詩和短篇的必然性」，村上春樹乃是從自己一直以來，同時並進地創作短篇小說和長篇小說的經驗推測得知。

換言之，他認為這兩類小說是「不可交換」的，一直以來他都是短篇寫不好的東西就用長篇寫，而長篇寫不好的東西就用短篇寫。

因此，兩者沒有上下之分，而是價值等同。但是，如果被問及「村上春樹的出處呢？」他會回答「長篇小說」。

村上春樹認為，卡佛對詩和短篇小說應該也抱有同樣的感覺。

ま 綠

綠 みどり

《挪威的森林》的出場人物，和主人翁「我」上同一所大學。因為同樣選修「戲劇史Ⅱ」，遂和「我」逐漸親密。

綠是個短髮、帶著深色太陽眼鏡、穿著白色棉布迷你洋裝、非常活潑的女孩。同時也是個既要照顧垂死的父親，也要看管家裡經營的書店，樣樣兼顧得當、堅強能幹的女孩。

綠雖然有個交往的男朋友，卻逐漸為「我」所吸引。對從來不知道什麼叫依賴人的她而言，「我」是個可以盡情放鬆心情的對手。

然而，「我」因為抱有直子的問題，以致遲遲不願對綠敞開內心的殼，綠也經常感到寂寞和無奈。

最後「我」打電話給綠，對她說「全世界除了你，我什麼都不要，一切的一切都想和你兩個人從頭開始。」

故事就在綠靜靜地問「你，現在在哪裡？」而「我」陷入混亂的場景中結束。

《村上朝日堂》

ま「村上朝日堂」むらかみあさひどう

一九八四年出版，若林出版企劃，文庫版於一九八七年發行，新潮文庫。這是村上春樹首部隨筆集，安西水丸繪圖。收錄在《日刊打工新聞》連載大約一年半的作品（一九八二年八月十六日號至一九八三年五月二十一日號）。

春樹自己形容本書為「雜文集一樣的作品」。最後並附有他和安西水丸的對談，以及由村上春樹繪畫、安西水丸寫文章這種角色互換的專欄。

在〈閒話搬家〉(1)～(6)等以搬家為題材的文章中，他從嚮往轉學生的小學時代談起，談到大學時代公寓的回憶、在妻子娘家白吃白住的故事等，概略地敘述了自己的過去。

據他說，「人可大別為喜歡搬家的人和討厭搬家的人兩類」，而春樹自己則屬於前者，他說「可以把所有東西『嘩啦嘩啦』地丟掉」是搬家最舒服的地方。

此外，在對談〈「早婚」對男人是得或是失〉中，他談及與妻子認識的經過和婚姻生活。

《村上朝日堂 嘿咻！》

ま

「村上朝日堂　はいほー！」
むらかみあさひどう　はいほー！

一九八九年出版，文化出版局，文庫版於一九九一年發行，新潮文庫。本書乃《村上朝日堂》隨筆系列的第三集。

大部分都是在*High Fashion*雜誌上，以Random Talking的標題連載之作品，經村上春樹潤飾修改後，共計收錄了三十一篇隨筆，安西水丸繪圖。

相當於村上春樹三十四歲至三十九歲之間，從《尋羊冒險記》到《挪威的森林》為止的時期。

在〈被稱為青春的心理狀況的結束〉一文中，春樹寫著，三十歲的時候，因為討論工作事宜而和一名女性一起用餐，而因著這名女性的一句話，自己的青春劃上了休止符。

除此之外，尚有千葉縣的計程車司機長相和其他縣市的司機不同、而且老愛刺探顧客的來歷等論調；如果要帶一本書到無人島，那他會帶外語辭典等，話題相當多采多姿。

《村上朝日堂　夢中的surf city》

ま
「村上朝日堂　夢のサーフシティー」
むらかみあさひどう　ゆめのさーふしてぃー

一九九八年出版，朝日新聞社，安西水丸繪圖。本作品乃把村上春樹在自己製作的「村上朝日堂」網站上和讀者之間的對話或隨筆，整理成書和光碟片而成。這也是他首次嘗試用紙張以外的形式出版作品。光碟片中收錄了十分鐘村上春樹和安西水丸的對談，因此可以聽到春樹本人的聲音。

書本內容則摘錄自光碟片。不管是波士頓馬拉松的話題、最近觀看的電影的感想、到國外旅行時攜帶的物品清單等日常話題，都以較平常的隨筆還要輕鬆的形式寫出。

〈讀者&村上春樹Forum〉則以和讀者非常接近的形式，就戀愛問題或春樹愛用的麥金塔電腦等話題，進行交談，透過其間可以想像春樹的個性，相當有趣。

網頁部分因為春樹進入「小說模式」，因此和讀者之間的雙向溝通較少，不過，內容經常不斷更新。

除了「作品一覽」、「村上朝日堂・外一章」、「村上收音機」等之外，Forum尚在最近的作品、活動之外，更進一步細分為「動物」、「運動」、「飲食」等類別，內容相當充實。

網址如下：http://opendoors.asahi-np.co.jp/span/asahido/index.htm

《村上朝日堂 Journal漩渦貓的發現法》

ま

「村上朝日堂ジャーナル　うずまき猫のみつけかた」
むらかみあさひどうじゃーなる　うずまきねこのみつけかた

一九九六年出版，新潮社，《村上朝日堂》隨筆系列的第四集。內容主要整理一九九四年春至一九九五年秋之間，在雜誌*SINRA*連載的作品而成，圖／

安西水丸，照片為春樹的太太村上陽子。

連載期間春樹住在美國麻薩諸塞州劍橋，於塔夫茲大學擔任講師。作品中，他談及把鄰居家的貓莫利斯擅自取名為廣太郎，兀自疼愛著；與大學時代在公寓養的貓彼得因為沒餐費而爭奪食物的回憶等，隨處穿插著貓的話題和照片。

除此之外，他也提及挑戰波士頓馬拉松的經過、車子被偷、小旅行途中發生的事等，話題形形色色。

村上春樹表示，對於客居普林斯頓時期的隨筆《終於悲哀的外國語》，他是以「略微認真的態度」來創作，相對於此，本書則是在「以比較輕鬆悠閒的感覺來進行的方針」下寫成。

ま《村上朝日堂的反擊》

「村上朝日堂の逆襲」
むらかみあさひどうのぎゃくしゅう

一九八六年出版，朝日新聞社，文庫版於一九八九年發行，新潮文庫。本書為《村上朝日堂》隨筆系列的第二集，內容主要彙整《週刊朝日》一九八五年四月五日號至一九八六年四月四日號連載的作品而成，安西水丸繪圖。

內容從自由業不受銀行信賴的話題開始，擴及於十五年間飼養的十隻貓的回憶、春樹對人們不再看書的理由所提出的獨到分析、有趣地進行戒煙的方法等，題材包羅萬象。透過本書將可一窺小說中無法探知的村上春樹的另一面。最後則另闢「外一章」，收錄村上春樹和安西水丸的對談。安西水丸表示，春樹的作品非常容易繪成圖畫。裡面甚至還放進「給讀者——村上春樹臉的畫法」的插圖，對喜歡安西水丸插畫的人而言，這也是一本值得推薦的好書。

《村上朝日堂是如何地被鍛鍊》

ま 「村上朝日堂はいかにして鍛えられたか」
むらかみあさひどうはいかにしてきたえられたか

一九九七年出版，朝日新聞社，《村上朝日堂》隨筆系列的第四集，內容主要收錄《週刊朝日》一九九五年十一月十日號至一九九六年十二月二十七日號，連載一年多的隨筆。

除此之外，並收錄了兩篇事先寫好，卻沒刊登在雜誌上的作品，作為「贈品」，並附有彙整雜誌刊登後來自讀者的回響等而成的〈後日附記〉；安西水丸繪圖。

誠如到目前為止的《村上朝日堂》般，本書內容也是包羅萬象，多采多姿。包括蔚為話題的作品——刊登在美國報紙的人生協談專欄中的全裸做家事卻被強暴的主婦的事、對英日辭典乏味的翻譯之不滿、向餐廳投訴的書信寫法，乃至於賓館的絕妙命名等等。

連載期間，春樹正為了寫作《地下鐵事件》，進行對沙林事件受害者展開採訪的吃重工作，因此他說：「《村上朝日堂》的工作變成像是維持精神平衡所需的最佳休息。」

透過這本隨筆集，將可一窺呈現各種風貌的春樹的一面。

《村上春樹會見河合隼雄》

ま 「村上春樹、河合隼雄に会いに行く」
むらかみはるき、かわいはやおにあいにいく

一九九六年出版，岩波書店。誠如書名所示的，本書係村上春樹前去造訪住在京都的河合隼雄，花費兩個晚上時間進行對談而成。

為了補充說明，上段由河合隼雄、下段由村上春樹加上評論（comment）。

對談係於一九九五年十一月舉行。

春樹在美國寫作小說《發條鳥年代記》時，即數度和河合隼雄對談過，而本次的對談因為是在小說完成後舉行，遂就小說所探討的主題「涉入」進行廣泛的討論。

所謂「涉入」乃是「人與人之間的互動」，但是春樹關心的重點卻在於「一挖再挖、不斷地把井挖掘下去後，在那裡越過應該完全不可能連接的圍牆，進行連接」這個應有的狀態。

此外，他並誠實地用簡單易懂的方式，談及長居國外讓他磨亮了身為日本人的意識，發現了所謂婚姻生活乃「大肆揭發彼此的缺落過程的連續」等自己內面的變化。

再者，他一方面觸及奧姆真理教事件、阪神大地震等議題，一方面也針對隱藏在社會中的暴力性和「療傷止痛」的問題等，抒發己見。

一般認為，他之所以會把包括迷惘在內的自己的內心世界，如此坦率地和盤托出，完全是因為河合隼雄想要深入瞭解他、能夠高明地引導他之故。這是一本想深入瞭解村上春樹其人必讀的作品。

《終於悲哀的外國語》

や 「やがて哀しき外国語」
やがてかなしきがいこくご

一九九四年講談社出版，文庫版於一九九七年發行，講談社文庫，隨筆。

收錄的內容主要是把雜誌《書》一九九二年八月號至一九九三年十一月號連載的作品修改而成。至於收錄到單行本之際經重新審視、提出的新意見，則以「後日附記」的形式附加於書中。

一篇隨筆約莫二十一張四百字稿紙，可說是春樹至今所寫的連載隨筆中，頁數相當長的一本作品。

從一九九一年初開始，有兩年半時間春樹和陽子夫人一起在美國紐澤西州普林斯頓生活。

旅居當地的第一年，春樹集中全力在《國境之南、太陽之西》、《發條鳥年代記》等兩部長篇小說的創作上。

據他說，就在這兩部小說告一段落時，這回則湧現出想寫隨筆的心情，而完成的即是這本隨筆集。

不是以旅行的形式，而是以落腳的姿態置身異國，再把處於其中的所見所感整理成文章。大多數主題都是針對美國社會和美國人進行考察，然後再從那裡搖身一變，轉而述及日本、自己本身。

在〈對精神奕奕的女人們之考察〉中，他談及美國的女性主義風潮。他說，跟為枝微末節的事找理由、不容分說就濫加批評的人相較下，實際身體力行、認真過生活的人比較吸引他。

對於「終於悲哀的外國語」這個標題，春樹在後記中寫著「這對我倒具有相當痛切的意味」。

而到底悲哀的是什麼呢？悲哀的是「不知道是什麼樣的因果關係，自己竟這樣子為對自己而言不具自明性的語言所圍繞，而這種狀況事態含有某種像是悲哀的東西」，同時悲哀的也是，當回到日本時，就會被問及「我們這樣子認為自明的這些東西，真的對我們而言是自明的東西嗎」這樣的問題。

而春樹的結論是，即使抱著「欠缺自明性」，也只能作個用日語寫作的日本人作家活下去。

《在約定的地方》

や「約束された場所で」やくそくされたばしょで

一九九八年出版，文藝春秋。本書乃是以一九九八年四月號至十一月號《文藝春秋》上連載的《後地下鐵事件》為基礎，修改潤飾而成。

為了究明一九九五年三月發生的地鐵沙林事件的加害者——奧姆真理教團

的實際狀況，村上春樹對八位奧姆真理教信徒進行訪談，並將訪談內容整理成為本書。

書的後半收錄了《與河合隼雄的對話》。這部分包括兩次對談內容，第一次對談是在整理沙林事件受害者的採訪內容而成的《地下鐵事件》出版後舉行，第二次對談則是在《後地下鐵事件》連載結束後舉行。

春樹在寫作《地下鐵事件》時，規定自己「絕不收集奧姆真理教方面的資料」，以儘可能和在什麼也不知道的情況下被捲入事件的受害者，站在同樣的立場。

寫作時，奧姆真理教＝來路不明的威脅（黑盒子），但是寫完後，卻覺得有必要去檢驗那個「黑盒子」的內部，而這就是促成他寫下本書的動機。

在書中，他究明了，就作為一個接納無法融入日本社會的年輕人的體系而言，奧姆真理教在某種意義上有效地發揮了功能。

同時只要社會不逐步建立接納無處可逃的人們的正常體系，那麼將無法避免出現第二、第三個奧姆真理教，同時也不能一味地譴責走向那個懷抱的年輕人。

雖然只要把奧姆真理教信徒想成是和自己住在不同世界的人，就可以安心，但事實上，不管是「我」或是「你」，常常是帶著可能和他們走上相同道路的危險性的。一旦「致命的『釦子扣錯』」開始，就會演變成無法修正的局面。

春樹完全沒有在這本書當中，高聲疾呼「所以應該怎麼做」，他只是把一個材料提供給社會，至於判斷則委諸於讀者個人。對於一貫保持這種態度的理由，他在訪談中如此回答：

「因為如果只是從社會正義的立場，性急地譴責奧姆真理教，將會看不到事態。我認為，當前需要的毋寧說是，逐步檢視存在於我們裡面的奧姆性的東西。結論或對策，並不是那麼容易就可以想出來的。……我的想法是『持續就是力量』，所以，今後我也會持續做這個工作，雖然也許是改變形式，一點一

點地做。為什麼呢?因為這是非常重要的事。」(《週刊文春》一九九八年十二月三日號)

黑鬼

や やみくろ

やみくろ

在《世界末日與冷酷異境》中登場，生活在地下、支配黑暗的邪惡存在。黑鬼在東京各地的地下道築巢群居，吃都市的垃圾、喝污水過活，有時也會啃蝕混進地下來的人類的肉。

「冷酷異境」的主人翁「我」被迫必須進入地下，雖然迴避了「黑鬼」們令人厭惡的追蹤，卻好幾次嘗到差點被吞下的恐怖。

村上春樹後來在《地下鐵事件》中述及，「我覺得沙林事件所丟下的、令人事後感到不快的黑影，彷彿透過東京地下的黑暗，和我自己憑空創造出來的所謂『黑鬼』這種生物相連結似的」。「黑鬼」表現出的是「存在我們內心深處的根源性『恐怖』的一種形式」。

や 雪 ユキ ゆき

《舞・舞・舞》的登場人物，是一個十三歲、留著長髮的美少女，帶著隨身聽猛聽搖滾樂，總是穿著印有搖滾樂團名字的T恤。

媽媽雨是個著名的攝影家，因為缺乏做母親的自覺，因此每每沈迷於工作時，就會完全忘記雪的存在。雪因而相當獨立、冷漠地生活著，但是，年紀雖小，卻獨自一人懷抱過多的問題。

單獨被雨丟在札幌「海豚飯店」的雪，最後和主人翁「我」一起回到東京，因為這個機緣，兩個人開始漸漸親近。「我」已經三十四歲，雖然兩人相差近二十歲，卻水乳交融，可以談一些無法對別人啟口的事。

雪擁有應可稱為「超能力」的敏銳感性，也嗅出了羊男的存在。因為看出五反田君殺了奇奇的場面，而在故事的展開上，扮演重要的角色。

《夢中見》

や

「夢で会いましょう」ゆめであいましょう

一九八一年出版，冬樹社，文庫版於一九八六年推出，講談社文庫，村上春樹與絲井重里合著。本書乃把二百三十一項片假名文字的外來語標題，按日文五十音順序排列，再由兩人分擔寫作環繞標題的故事或隨筆。

包括Interview（訪談）、Stereotype（固定模式）、Date「約會」、Philip Marrow 等各式各樣的標題羅列，設計成可從被吸引的地方著手閱讀的構造。

在Haruki Murakami（村上春樹）這個項目中，絲井用「旅客的角色、具有像是在鐵路模型組的某個地方般的氛圍」，來表現春樹其人。

另方面，在Shigesato Itoi（絲井重里）這個項目中，春樹則給絲井取了「天才型慶典祭典轉換人」的名字。

據春樹說，給他取這名字的原因是，因為他寫作無曖昧混屯、「存在或不存在這種完美的二選一」的文章之故。

や 讀賣文學獎

読売文学賞 よみうりぶんがくしょう

由讀賣新聞社主辦，從一九四九年延續至今的文學獎。除了小說之外，也會視年度之不同而設有文藝評論、詩歌、文學研究、戲曲等類別。村上春樹以《發條鳥年代記》榮獲第四十七屆讀賣文學獎。同年，日野啟三的《光》也同時得獎。

評審委員丸谷才一給予如下的評價：「型塑框架的大故事方面，於接近尾聲之際略顯雜亂，不過即便如此，依然不掩其十足的魅力，而小故事方面則有不少即便收存於《一千零一夜》也絕不遜色的作品。我們必須說，這是很罕見的才華。這裡含有由獨特的知性且洗鍊的語調所述說的不安和哀愁以及殘酷和溫柔。村上先生饋贈我們的文學新的夢境。」

《暗夜鮭魚》

や

「夜になると鮭は…」

よるになるとさけは…

一九八五年出版，中央公論社，瑞蒙．卡佛著，村上春樹譯。

除書名之作以外，本書尚收錄〈給賽姆拉、如兵士般勇敢〉、〈你不懂戀愛〉、〈查理．布格斯基、朗讀詩的夜晚〉等三篇詩作；〈羽毛毽子〉、〈雉雞〉、〈維他命〉、〈聖誕節的夜晚〉、〈棄狗〉等五篇短篇；以及隨筆〈二十二歲的父親的肖像〉。

這是村上春樹翻譯的第二本卡佛的作品。

卷末並附有〈瑞蒙．卡佛與新回歸保守浪潮〉，內容包括春樹探訪卡佛宅邸時的記錄，及以卡佛為中心的現代美國文學論。

村上春樹後來翻譯《瑞蒙．卡佛全集》，並於當時對原先的翻譯，作全盤性地細部修改。為此，相當於前一版本的本書，目前正暫時停止再版，故不易買到。

村上朝日堂超短篇小說《夜之蜘蛛猴》

や

「村上朝日堂超短篇小說　夜のくもざる」

むらかみあさひどうちょうたんぺんしょうせつ　よるのくもざる

一九九五年平凡社出版，文庫版於一九九七年推出，新潮文庫。中譯本於一九九六年五月由時報出版社出版，賴明珠譯。本書收錄了為J．Press和派克

（Parker）鋼筆雜誌上的系列廣告而寫之「極短篇」，安西水丸繪圖。

本系列作品係在絲井重里的企劃下實現，並從分別發表於一九八五年四月至一九八七年二月、一九九三年四月到一九九五年三月之間的作品中，刪除八篇，再另行加入重新創作的兩篇而成。

這些作品雖是廣告，卻和產品毫無關係，字裡行間充滿了幽默感。包括最後以問讀者問題結束的〈絲襪〉、用關西方言敘述猴子從樹上掉下來的故事〈諺語〉等，共計三十六篇。

卷末則收錄了用「天使的鐵鎚」旋律，填上日語歌詞的〈從早唱拉麵之歌〉。春樹說，他一把「鐵鎚」換成「榨菜」就完成了。

書中的作品幾乎都像是讀著讀著，就會浮現作者好像很快樂地寫著的形影，事實上，春樹自己也告白說，寫作這些作品，成為在寫長篇小說的空檔時，最佳的心情轉換。

《蘭格爾漢斯島的午後》

ら 「ランゲルハンス島の午後」らんげるはんすとうのごご

一九八六年出版，新潮社，文庫版於一九九〇年發行，新潮文庫，文／村上春樹，安西水丸繪圖。

本書為短隨筆集，共二十五章，每一章分別由兩頁的文章和兩頁的圖所構成。本書係收錄刊登在雜誌*Classy*上的作品，加上重新寫的《蘭格爾漢斯島的午後》而成。

作為書名的作品〈蘭格爾漢斯島的午後〉，乃描述忘了帶生物教科書的國中生春樹，被要求回家拿教科書時的故事。原本加緊腳步要趕回家拿書的他，突然心血來潮地在河邊的草地上躺了下來，結果就再也不想回去了。

大多數的文章都是，春樹用獨特的感性和想像力，把日常事物一點一點切割而成。既有爵士樂俱樂部或貓等如春樹其人的題材，也有可略窺春樹少年、青年期風貌的作品，每一篇都充滿著溫暖的氣氛。

圖都是配合文章而描繪，色彩豐富，文章與圖相互結合，醞釀出整體作品的獨特氣氛。

ら《萊辛頓的幽靈》

「レキシントンの幽霊」れきしんとんのゆうれい

一九九六年出版，文藝春秋，短篇集，共收錄七篇作品。中譯本由時報出版社於一九九八年二月出版，賴明珠譯。

其中，〈盲柳，與睡覺的女人〉乃是在暌違十年之後，把原刊登於《文學界》一九八三年十二月號，其後被收進短篇集《螢火蟲》的〈隨盲柳入眠的女人〉加以刪改縮短而成。

《第七個男人》和《萊辛頓的幽靈》，乃在《發條鳥年代記》之後所寫（一九九六年），剩下的三篇則是在《舞・舞・舞》、《電視人》之後所寫（一九九〇至一九九一年）。本書可說是收集了年代幅度相當廣泛的作品群。

作為書名的作品〈萊辛頓的幽靈〉，從「這是幾年前實際發生的事」開場。

住在麻州劍橋時，接受友人凱西之託，在他不在家的時候幫他看房子。那是一棟非常古老、收藏豐富唱片和美術書的宅邸。

半夜裡，「我」醒過來，聽到樓下傳來音樂、鼎沸的人聲。看來好像是在舉行宴會，不過，「我」察覺到那不是現實，而是幽靈，「兩臂的皮膚突然一陣冷」。

「我」於是回到床上勉強自己睡著，早晨醒來時，果然沒有開過宴會的跡象。自那晚以後，不知道為什麼每到半夜就會醒過來。

除此之外，尚收錄有和冰男結婚，在南極逐漸失去心的故事〈冰男〉等不可思議卻又有什麼地方令人覺得恐怖的作品群。

《世界末日》

わ 「ワールズ・エンド（世界の果て）」
わーるず・えんど（せかいのはて）

一九八七年出版，文藝春秋，Paul Theroux著，村上春樹譯。

收錄的作品包括〈世界末日〉（World's End）、〈文壇游泳術〉、〈馬戲團與戰爭〉、〈科西嘉島的冒險〉、〈純白的謊言〉、〈便利屋〉、〈某淑女的肖像〉、〈義務演講者〉、〈綠意欲滴之島〉等九篇短篇。各譯作原刊登在《文學界》、《東京人》、*Marie Claire* 等雜誌上。

原著*World's End and Other Stories*（Washington Square Press,1980）共收錄有十五篇作品，但是，村上春樹基於「這樣大概比較能為日本的讀者所接受」之「個人性」判斷，刪除了其中六篇。

收錄在本書裡面的短篇，原則上都是描述離開祖國美國，為了追求什麼而移居異國的人們的故事。

例如，搬到倫敦一個叫World's End一隅的一家、在非洲研究昆蟲的男人、抱著懷孕這個麻煩的狀況，漂流到布雷特．里歌的年輕男女……。

然後，登場人物們在「各自的『世界末日』面對的扭曲，有時如遠處的雷聲般宿命性，有時則又是令人愕然的一瞬的鬧劇」。

Paul Theroux本身也是過著在異國輾轉遷徙的人生。他出生於美國麻州，並在擔任和平部隊的一員被派到非洲時，與在肯亞認識的英國人結婚。接著，於新加坡擔任教職後，又移居倫敦。

對於一貫以他者性為主題的Paul Theroux的短篇的魅力，春樹給予如下評價：「他的魅力是把握其小說性狀況的掌控（grip）的強度、是扭轉（twist）的巧妙、是最後忽然把讀者丟棄時令人感受到的某種無力感。」

《給年輕讀者的短篇小說介紹》

わ

「若い読者のための短編小説案内」

わかいどくしゃのためのたんぺんしょうせつあんない

一九九七年出版，文藝春秋。本書乃把《書的故事》（文藝春秋出版）一九九六年一月號至一九九七年二月號連載的文章集結而成。

書中介紹了六篇包括吉行淳之介的〈水畔〉、丸谷才一的〈樹影譚〉等「第三的新人」團體或其周邊作家的短篇小說。村上春樹自稱本書為「我個人的讀書介紹」。

春樹說，自己是讀著英文平裝書長大的，內心一直不曾為日本小說所吸引。他說，「對於日本小說的文體或觀點、主題的掌握方式，我感到了無法順利融入的東西」。

此外，也有部分原因是為了確立自己獨特的文體，故而有意地疏遠日本文學。

即便如此，一過了四十歲，「即開始自然發生似地思考著，我也差不多可以開始有系統地、專心地閱讀日本小說了吧」。

而旅居國外期間，認識到自己是日本人作家、用日語寫小說這個身分（identity），也是一個很大的轉機。

再者，一週在美國普林斯頓大學教授一堂課時，他也和學生一起進行解讀「第三的新人」作品的作業。其後，他又在波士頓近郊的塔夫滋大學帶同樣的課程。

本書乃是他把當時用來作教材的作品中的幾篇，再一次重新閱讀，然後以向年輕世代敘說的形式整理而成。

和敬塾

わ 和敬塾 わけいじゅく

村上春樹大學時期居住的學生宿舍，後來成為《挪威的森林》的主人翁「我」居住的宿舍的模型。位於目白椿山莊的隔壁。

「我在這裡住了半年，那年秋天即因為素行不良而被踢了出來。經營者是不折不扣的右派，舍長則是個陸軍中野學校出身、看起來令人反胃的老頭，所以像我這種學生如果沒被踢出來，才真有問題。當時是一九六八年，可說正處於互相攻擊的火爆時代，而我剛好又是血氣方剛的年紀，對現狀當然有許多不滿。因為右派學生說要過來『算帳』，所以也曾把菜刀藏在枕頭下睡覺。」（《村上朝日堂》）

搬出和敬塾後，他接二連三搬過幾次家，住過練馬、三鷹的公寓，然後，結婚後住到文京區千石太太的娘家白吃白喝。

わ 綿谷昇

ワタヤ・ノボル／綿谷ノボル／昇
わたやのぼる／わたやのぼる／のぼる

「綿谷昇」是《發條鳥年代記》的登場人物。既是失蹤的貓的名字，也是主人翁妻子的哥哥。

就貓的名字而言，「綿谷昇」是主人翁岡田亨和妻子久美子在世田谷家中飼養的貓，由這隻貓的失蹤開始，展開整個故事。

因為和久美子的哥哥綿谷昇神似，因而給牠取了這個名字，後來被改名為「沙哇拉」。

至於人名「綿谷昇」乃《發條鳥年代記》中登場的主人翁的妻子久美子的哥哥。他在父母強烈的期待下成長，東京大學畢業後，成為有名的學者。雖曾結過一次婚，卻因為相處不融洽而離婚。其後成為政治家。

綿谷昇雖然頭腦聰明、反應敏捷，個性卻極其扭曲，並擁有危險的能力。

對於妹妹久美子抱有某種欲望，並單方面地想要實現這種欲望，最後被殺害。

村上春樹的黃色辭典

WISE系列2

著　　者／村上世界研究會
譯　　者／蕭秋梅
出 版 者／生智文化事業有限公司
發 行 人／林新倫
執行編輯／鄭美珠
登 記 證／局版北市業字第677號
地　　址／台北市文山區溪洲街67號地下樓
電　　話／(02)2366-0309　2366-0313
傳　　真／(02)2366-0310
E-mail／tn605547@ms6.tisnet.net.tw
網　　址／http://www.ycrc.com.tw
印　　刷／科樂印刷事業股份有限公司
法律顧問／北辰著作權事務所　蕭雄淋律師
初版一刷／2000年12月
定　　價／新台幣200元
郵政劃撥／14534976
ISBN／957-818-176-0
MURAKAMI HARUKI YELLOW JITEN by Murakami World Kenkyu-kai

First published in Japan in 1999 by Art Book Hon No Mori
Chinese translation rights arranged by Art Book Hon No Mori
through Japan Foreign-Rights Centre/Bardon-Chinese Media Agency

總經銷／揚智文化事業股份有限公司
地　址／台北市新生南路三段88號5樓之6
電　話／(02)2366-0309　2366-0313
傳　真／(02)2366-0310

國家圖書館出版品預行編目資料

村上春樹的黃色辭典 ／ 村上世界研究會編
著；蕭秋梅譯. -- 初版. -- 台北市：生智，
2000 [民 89]
面； 公分. --（WISE 系列；2）

ISBN 957-818-176-0（平裝）

1. 村上春樹 - 作品集 - 目錄

861.4 89010640